A pele em flor

Vinícius Neves Mariano

A pele em flor

Contos

ALFAGUARA

Copyright © 2025 by Vinícius Neves Mariano

Grafia atualizada segundo o Acordo Ortográfico da Língua Portuguesa de 1990, que entrou em vigor no Brasil em 2009.

Capa
Oga Mendonça

Imagem de capa
Sem título, 2024, Santídio Pereira. Xilogravura impressa em papel 100% algodão e ph neutro, 181 × 118,5 cm. Reprodução de João Liberato.

Preparação
Julia Passos

Revisão
Thaís Totino Richter
Aminah Haman

Os personagens e as situações desta obra são reais apenas no universo da ficção; não se referem a pessoas e fatos concretos, e não emitem opinião sobre eles.

Dados Internacionais de Catalogação na Publicação (cip)
(Câmara Brasileira do Livro, sp, Brasil)

    Mariano, Vinícius Neves
      A pele em flor : Contos / Vinícius Neves Mariano. — 1ª ed. — Rio de Janeiro : Alfaguara, 2025.

    isbn 978-85-5652-272-6

    1. Contos brasileiros i. Título.

24-242489   cdd-B869.3

Índice para catálogo sistemático:
1. Contos : Literatura brasileira   B869.3
Cibele Maria Dias – Bibliotecária – crb-8/9427

Todos os direitos desta edição reservados à
editora schwarcz s.a.
Praça Floriano, 19, sala 3001 — Cinelândia
20031-050 — Rio de Janeiro — rj
Telefone: (21) 3993-7510
www.companhiadasletras.com.br
www.blogdacompanhia.com.br
facebook.com/editora.alfaguara
instagram.com/editora_alfaguara
x.com/alfaguara_br

Ao Geneci, que escreve comigo este livro

*Água que brota não cessa,
mesmo quando cortada.*

"O velho e a moça", *Um Exu em Nova York*, Cidinha da Silva

*Com a licença, com a proteção e
pela honra de quem veio antes*

Sumário

Mal do senhor   13
Subúrbio da solidão   43
Engenharia   49
Ossos no quintal   83
Fawohodie   105

Posfácio (carta)   123

Mal do senhor

Eu tenho muito receio,
— E com razão desconfio, —
Que vos faltem com o freio
E que eu malhe em ferro frio.

Porém sempre irei avante
Com a minha opinião;
Que saia ou não triumphante
Não abandono a questão.*

Foi graças a uma xicarazinha de café adoçado que ouvi, pela primeira vez, sobre o "mal do senhor" — o que é bem simbólico pensando agora, já que essa história tem raízes tanto nas plantações de cana-de-açúcar quanto nas de café. Eu estava no Rio de Janeiro na companhia do Henrique (Henrique Marques Samyn, escritor, crítico literário, professor da Uerj, entre tantas outras coisas) quando a cena aconteceu.

Conversávamos em uma mesa no segundo andar da Livraria da Travessa, em Ipanema. Eu ficaria pouco tempo na cidade, estava ali a trabalho, por isso pedi que nosso encontro se desse em algum lugar perto do escritório; a livraria fica

---

* Autor desconhecido, "As irmãs de caridade". *A formiga*, Rio de Janeiro, ano 1, pp. 4-45, out. 1862.

do lado. Henrique estava eufórico: no fim de semana anterior, seu Botafogo havia vencido o Flamengo por três a dois no Carioca, depois de anos de freguesia. Acabou o tabu! Seria um ano fantástico no Brasileirão — palavras do Henrique —, e ele tentava me convencer dos benefícios das SAF para os clubes de futebol quando o escarcéu nos assustou.

Três ou quatro mesas à nossa direita, uma senhora berrava com uma atendente. Meu susto foi tão grande que até hoje consigo me lembrar de muitos detalhes daqueles poucos segundos em que tudo aconteceu: a senhora tinha por volta de setenta anos, era branca, estava bastante maquiada e tinha os cabelos pintados de um loiro muito amarelo. Usava um bom número de pulseiras e anéis — e me lembro dessa particularidade porque, depois da primeira leva de gritos, deu um tapa na mesa e o barulho se confundiu: o chacoalhar das pulseiras, o tilintar dos anéis no tampo de pedra e o ruído agudo da xícara de louça tombando. Meus ombros deviam estar arqueados e minha cabeça encolhida entre eles, assim como os do Henrique, que também se contraiu no instante em que a xícara virou. O café escorreu pelo tampo e a atendente tentou conter o líquido com um paninho que tirou do bolso da frente do avental. Era uma menina negra, de pele retinta, que não devia ter mais de vinte anos; usava o uniforme do estabelecimento e tinha os cabelos presos. Me compadeci.

Àquela altura, não havia mais ninguém que não estivesse se contorcendo para tentar entender o que acontecia ali. Exaltada, a senhora se levantou e começou a juntar seus pertences: óculos, celular, bolsa. Teve o cuidado de arrumar qualquer fio de cabelo amarelo que pudesse ter saído do lugar durante o ataque. Estava constrangida, mas com a convicção inabalada. Era o seu direito, parecia pensar, não podia deixar barato. A centímetros dela, ainda mais constrangida, ainda mais assustada que todos nós, a atendente se curvou para limpar a bagunça causada pelo tapa. Era fácil perceber como estava chocada: os gestos pareciam frágeis e inseguros, sua voz soou trêmula, e só foi possível ouvi-la porque estávamos em silêncio absoluto. Pediu desculpas pelo erro e tentou se justificar alegando um engano na cozinha. Mas aquilo só resultou em outra erupção de gritos.

Foi no segundo berreiro que conseguimos entender o que se passara: a senhora havia pedido um cappuccino, que é servido sem açúcar, e a atendente trouxe um mocaccino, que já vem adoçado porque leva chocolate. A jovem não negava o erro e pedia que a cliente compreendesse. Por sua vez, a senhora, que não era diabética, alegava que, se fosse, poderia ter morrido — palavras dela.

O tumulto não durou mais que um minuto. Talvez até metade disso. É o estado de alerta que insiste em acumular detalhes e acaba dando à cena uma duração mais longa do que teve na realidade. A gerente agiu rápido: se aproximou com gestos exagerados de subserviência (cabeça baixa, ombros encolhidos, tom de voz suave) e conseguiu conduzir a senhora até as escadas; solícita, ofereceu a mão como apoio para ajudá-la a descer. A idosa pareceu se acalmar com a complacência habilidosa, ainda que uma indignação incrédula arrebatasse suas expressões e seus gestos. Apoiada na mão da gerente — convém registrar que também era branca —, desceu as escadas e em poucos segundos já não era mais possível vê-la. Mas podíamos ouvi-la: antes que a distância cuidasse de desaparecer com sua voz, ainda escutamos uma firme recomendação de que demitissem a funcionária. Um dia ela vai acabar matando alguém, garantiu. Então não a ouvimos mais.

A atendente tentava recolher a xícara e o pires que causaram tamanho alvoroço, mas, como tremia, deixou a xícara tombar mais uma vez. O casal da mesa ao lado tentou ajudá-la: o homem ajeitou a xícara no pires e usou um guardanapo para limpar os últimos respingos de café na mesa; a mulher pousou a mão no ombro da menina, oferecendo algum consolo. Então a atendente agradeceu com um menear mínimo de cabeça, recolheu o que faltava e sumiu pela porta da cozinha.

O ruído sincronizado dos pés das cadeiras arranhando o piso indicou que, assim como eu, os demais fregueses retornaram a suas posições iniciais. Qualquer clima ruim que pudesse ter pairado sobre o ambiente se dispersou em poucos instantes, e logo o burburinho das conversas voltou ao normal. Comentei com Henrique sobre o absurdo de tudo aquilo por conta de um motivo tão esdrúxulo; bastava pedir para trocar o café. Notei que ele estava disperso, percorrendo o olhar pelo trajeto entre a escada e a cozinha. Talvez tentasse perceber — e intervir, caso necessário — se a sugestão da idosa seria acatada. Desatento, respondeu apenas:

— É o mal do senhor. Não precisa de muito.

Não tenho vergonha de admitir que, naquele momento, não entendi a resposta. Além das lacunas que carregava, eu nunca tinha ouvido a expressão. Pedi que explicasse.

— Não precisa de muito. Qualquer besteira desperta o mal do senhor nesse tipo de gente.

— Mal do senhor? — perguntei, ainda sem entender.

Percebi que os olhos de Henrique se fixaram e me virei. A gerente cruzava o salão, indisfarçavelmente constrangida. Notei que o casal que havia ajudado a atendente estava de pé, no caixa, bem perto de nós. Quando a gerente se aproximou, ambos empreenderam uma defesa vigorosa da atendente, acusando a senhora de ter uma reação desproporcional à situação — convém registrar que era um casal inter-racial; ele branco, ela negra. A gerente os acalmou; garantiu que de forma alguma a funcionária seria punida e, pragmática, se ofereceu para fechar a conta dos dois.

Aquilo também acalmou Henrique, que enfim pareceu ter aterrissado de volta e me explicou que mal do senhor é um termo antigo, uma expressão popular da primeira metade do século xx, se não lhe falhava a memória; era usada para caracterizar os típicos ataques de fúria de pessoas brancas contra pessoas negras.

— Como o que a gente acabou de ver — concluiu.

Perguntei se a expressão tinha algum lastro, alguma origem conhecida. Henrique franziu as sobrancelhas; não sabia dizer. Talvez sim, mas lamentou não se lembrar de onde a conhecia; deve ter aparecido nas pesquisas para *Uma temporada no inferno*, seu primeiro romance, sobre um escritor que dá entrada no Hospício Nacional de Alienados com o objetivo de terminar uma obra inacabada de Lima Barreto, iniciada enquanto estava internado ali. O que ele sabia dizer é que se referia a uma enfermidade, uma moléstia que só acometia pessoas brancas incapazes de aceitar o fim da escravidão.

— É como se fosse uma doença incubada, sabe? E aí, do nada, por causa de um café que veio com açúcar, ou de um café que veio sem, o branco surta.

Se para escrever é preciso ordenar os pensamentos e dar um sentido a esse encadeamento, ainda hoje é impossível descrever com exatidão o que senti naquele instante. Minha cabeça me arremessou para memórias dolorosas. Revivi o pavor que me tomou quando a dona de um dos primeiros lugares em que trabalhei como roteirista, branca, ameaçou destruir minha carreira depois que exigi meu pagamento atrasado; revivi o constrangimento que me abateu quando um diretor, branco, exigiu minha demissão depois que sugeri alterações em um texto escrito por ele; revivi a incompreensão de quando um roteirista-chefe, branco, mandou que eu saísse da sala após a equipe optar por um caminho criativo que eu tinha apontado; revivi a revolta de quando um fornecedor, branco, se negou a apertar minha mão logo depois de cumprimentar efusivamente meus colegas também brancos; revivi a dor do choro de quando um chefe, branco, ria ao me humilhar — eu era um estagiário — na frente de todos os outros funcionários porque não acertei uma entrega; revivi o medo que me paralisou quando um adolescente, branco, ameaçou quebrar minha perna se tornasse a me ver no campo depois que errei um lance em um jogo de futebol; me revi em todos esses momentos, todos ao mesmo tempo; me senti minúsculo e incapaz, tolhido e acuado; senti o ódio me invadir, uma vontade de partir para cima dessas pessoas, de descobrir onde estão hoje e dar um soco na cara delas, no meio da rua, e gritar até fazer com que se calassem para sempre dentro de mim. Eu só estava trabalhando. Eu só estava pedindo que me pagassem. Eu só estava jogando bola.

 Henrique deve ter notado que emudeci porque gentilmente voltou o assunto para o futebol. Pouco depois, terminamos o café com duas promessas: a de que eu o avisaria com antecedência da próxima vez que fosse ao Rio e a de que ele me enviaria uma lista com o material que usou na pesquisa para o romance sobre Lima Barreto. Eu estava decidido a investigar o mal do senhor, menos porque precisava localizar sua origem exata e mais para compreender o que ainda era real e presente naquela expressão.

O e-mail chegou três dias depois e me debrucei sobre as indicações assim que o recebi. Admito que a tarefa se revelou muito mais árdua do que eu esperava: encontrar os livros da primeira linha de pesquisa que Henrique sugeriu foi tão difícil quanto lê-los. *Molestias mentaes e nervosas: Aulas professadas durante o anno lectivo de 1905*, de Henrique de Britto Belford Roxo, uma versão digitalizada do exemplar de 1906, foi o primeiro que achei. Nele o autor propõe que os alienados (como eram chamados os pacientes com questões de saúde mental) fossem divididos em duas categorias: loucos ou delirantes. Segundo ele, os loucos sofriam de uma alteração profunda do próprio eu — por isso eram considerados incuráveis; já os delirantes eram acometidos por uma variedade de sensações, chamadas de delírios, que os levavam à prática de atos irracionais esporádicos — por isso podiam, sim, ser tratados. A leitura foi truncada: os termos médicos embebidos em latim pareciam codificados e atrapalhavam ainda mais o português carregado de consoantes e pronomes possessivos que se arrastava por morosas conjugações verbais na segunda pessoa do plural. Mesmo assim me animei. Achei que o mal do senhor poderia ser uma das moléstias estudadas pelo autor e tentei adivinhar em qual categoria seria enquadrada; mas fechei a obra sem encontrar nenhuma citação ao termo. Do mesmo autor, descobri em uma biblioteca da USP um exemplar de 1933 de *Modernas noções sobre doenças mentais*, da editora Guanabara. O livro é trinta anos mais recente que o anterior, mas ainda assim o português médico do início do século XX continuou a me atormentar. A leitura tomou um bom tempo e, por fim, além de me causar uma crise de rinite, também se revelou em vão: não havia uma única menção sequer ao mal do senhor. Não esmoreci: no site da biblioteca da UFRJ está disponível a edição digitalizada de 1899 de *Santa Casa da Misericórdia do Rio de Janeiro: Diversos documentos concernentes ao Hospício de Pedro 2º, hoje Hospício Nacional de Alienados*. Deparar com um compilado de documentos sobre o principal manicômio do Brasil na virada do século XIX para o XX me encheu de esperanças. Acreditei que encontraria um panorama dos casos atendidos no hospital e entre eles um registro — um só, que fosse — sobre alguém acometido pelo mal do senhor. Mas o livro não é nada disso: são apenas documentos sobre a criação e a manutenção da instituição. Sem pensar muito, segui em frente: na internet encontrei *Fragmentos de psychiatria*, de Francisco Franco da Rocha, de 1895; *Assuntos medico-sociaes*, de Jefferson de Lemos, de 1935; e *Os alienados no Brasil*, de João Carlos Teixeira Brandão, de 1886. Só então me dei conta de que vinha me sentindo cada vez mais abatido com aquelas leituras.

A essa altura tinha até me acostumado à linguagem que tanto me incomodou no início, mas não ao tema. Talvez eu estivesse preparado para a frustração de não encontrar nada a respeito do mal do senhor; podia ser mesmo só uma expressão popular, sem nenhum lastro real. Por outro lado, definitivamente não estava pronto para passar meses imerso nas descrições das atrocidades cometidas nos manicômios brasileiros dos séculos XIX e XX. Os relatos eram horrendos. As condutas médicas eram abomináveis. Tudo o que li nessa primeira fase da pesquisa revelou torturas absolutamente desumanas disfarçadas de tratamentos. Para piorar, as vítimas condenadas àquele inferno tinham quase sempre o mesmo perfil: os marginalizados pela sociedade. Pessoas negras eram a maioria devastadora dos pacientes internados, perpetuamente, naquele pesadelo de muros e portões intransponíveis.

Decidi que um descanso me faria bem; prometi a mim mesmo passar duas ou três semanas sem ler nada sobre o assunto. Na primeira, para me desintoxicar, mergulhei nas agruras que meu time vivia naquele início de campeonato: assisti a um sem-número de mesas-redondas, participei ativamente de discussões nos grupos de amigos, revi o documentário sobre o Mundial de 2012 e até consegui ir a Itaquera no meio da semana. De loucura, bastava a minha pelo Corinthians. Mas logo compreendi a dimensão e a urgência do que havia me proposto a investigar.

Eu estava saindo de casa quando a Ná, minha irmã, me ligou. De início, ela tentou disfarçar a dor com banalidades: perguntou do frio, do almoço, da próxima vez que eu iria para Alfenas... Mas não resistiu por muito mais tempo: em um engasgo, desabou.

Por um tempo, eu apenas a ouvi chorar; aos poucos, tentei falar coisas quase sem nenhum efeito prático, mas que transmitiam o calor do abraço que eu gostaria de estar dando nela: calma, vai passar, estou aqui, vai ficar tudo bem. Foi difícil não chorar também; é muito duro ver alguém que você ama tanto se sentindo tão machucada e não conseguir fazer nada. Ficamos assim por alguns minutos, a Ná chorando do lado de lá, meu coração retorcendo de cá. Cabem mais coisas no silêncio entre irmãos do que qualquer outra relação pode comportar.

Um pouco mais tranquila, ela disse que tudo já tinha se resolvido, que só estava chorando agora porque finalmente podia chorar. Com muitos detalhes, falou, falou e, em alguns momentos, tornou a chorar; fiz perguntas mais para ajudá-la a botar para fora tudo o que precisava sair do que para revirar a história. Por fim, levamos mais de uma hora até que ela terminasse de me explicar o ocorrido — mas a verdade é que eu já sabia, desde o momento em que ela começou a descrever o ataque furioso que sofreu de uma colega no hospital, que minha irmã tinha sido vítima de um surto do mal do senhor.

Em resumo: a médica branca não tolerou que a médica negra brilhante sugerisse uma mudança na administração de um caso. Onde já se viu, ela deve ter pensado, uma negra que não sabe o seu lugar! Tenho certeza de que essa indignação, consciente ou não, mobilizou todos os aspectos da existência da médica branca, portanto cabia a ela preservar as estruturas daquela relação; era sua responsabilidade mostrar para a mulher negra que ousou estudar medicina, que ousou ser uma profissional esplêndida e ainda ser reconhecida por isso, qual era o seu devido lugar social. Assim, despejou sobre minha irmã todo seu desprezo e sua cólera.

Com a garantia de que a Ná estava bem e em condições de se defender de qualquer tipo de retaliação que pudesse vir do hospital — por mais que fosse a vítima, uma cena como essa sempre pode ter consequências para nós —, encerrei a ligação pronto para retomar minha investigação. Algo em mim estava certo de que existia uma verdade por trás daquela expressão perdida no tempo, mas de alguma forma ainda tão presente. O mal do senhor tinha um lastro real e eu estava decidido a descobrir qual era.

A outra linha de pesquisa sugerida no e-mail do Henrique era ainda mais violenta, mas segundo ele seria impossível compreender o cenário científico brasileiro do fim do século XIX e da primeira metade do século XX sem conhecer as teorias eugenistas e os defensores do darwinismo social.

Li ao todo cinco obras de autores que se destacaram na defesa da "superioridade" da raça e do gênero, e também na sugestão de políticas de extermínio dos indesejados, que é o termo com o qual se referiam às pessoas não brancas.* De início, achei que vomitaria ao ler todos aqueles planos de "melhoria" genética da população brasileira, mas logo percebi que a lógica esdrúxula dos eugenistas não me afetava. Não quero soar irresponsável diante de um movimento racista e misógino que por décadas influenciou medidas públicas de aniquilamento, como a esterilização de mulheres negras ou a proposta de existirem códigos penais diferentes para raças diferentes; mas naquele instante, protegido pelo tempo, remexer o monturo de argumentos eugenistas não me abalou. Pelo contrário: a distância emocional com que li os rejeitos do darwinismo social me deram a primeira evidência concreta da existência de um fundamento para o mal do senhor.

Era óbvio que eu não encontraria nenhuma menção a uma moléstia que acomete apenas pessoas brancas em livros que procuram impetuosamente comprovar a "superioridade" dessa mesma população. Destaco a qualidade da tentativa porque o esforço do projeto impressiona: esses (falsos) cientistas se empenharam por décadas para criar inúmeras teorias (infundadas) e estabelecer encadeamentos complexos (e incoerentes) de argumentos (enganosos) para chegar a conclusões (delirantes) que comprovavam sua tese (absurda). Contudo, esse ímpeto tão evidente é também revelador: só se defende

---

* São elas: Renato Kehl, *Eugenia e medicina social* (Rio de Janeiro: Livraria Francisco Alves, 1920); Id., *Aparas eugênicas: Sexo e civilização — Novas diretrizes* (Rio de Janeiro: Francisco Alves, 1933); Raymundo Nina Rodrigues, *As raças humanas e a responsabilidade penal no Brazil* (Rio de Janeiro: Guanabara, 1894); Id., *Os africanos no Brasil* (São Paulo: Companhia Editora Nacional, 1932); e Monteiro Lobato, *O choque das raças ou O presidente negro* (São Paulo: Companhia Editora Nacional, 1926).

a perfeição daquilo que é imperfeito. A perfeição, quando legítima, apenas se dá; não é preciso que um grupo se organize com tamanho furor para lhe dar sustentação — ainda mais se esse mesmo grupo sairá, convenientemente, beneficiado da sua comprovação. Dessa forma, o objetivo de Kehl, Lobato e tantos outros não era fazer ciência, ainda que uma ciência errônea, mas preservar sua posição dentro de uma hierarquia social totalmente injusta.

Ao fim da leitura, me dei conta de que o ímpeto dos eugenistas é o mesmo com que a senhora de pulseiras agrediu a menina no café; o mesmo com que a médica atacou minha irmã no hospital; o mesmo com que tentam constantemente desvalidar o meu trabalho. Ao encarar essas cinco obras na minha mesa, percebi que estava diante das primeiras provas materiais que encontrei sobre o mal do senhor.

No fim de junho, precisei mais uma vez ir ao Rio a trabalho. Avisei o Henrique com antecedência, como combinado, para marcarmos um café. Contei como andavam minhas investigações e adiantei a conclusão de que não encontraria algo sobre o mal do senhor na produção científica — sendo o racismo no Brasil também institucional, as instituições científicas do país jamais reconheceriam uma falha em pessoas brancas. Se ele não se importasse, eu gostaria de usar parte do nosso encontro para lhe pedir uma ajuda; meu palpite era de que talvez revistas e jornais da época pudessem ser mais promissores para a pesquisa.

Minutos depois Henrique respondeu, chateado por recusar meu convite devido a um desencontro espirituoso: na mesma semana em que eu estaria no Rio, ele estaria em São

Paulo para o lançamento de seu livro *Os Panteras Negras: Uma introdução*, publicado pela editora Jandaíra. Em seguida, dizia fazer sentido minha conclusão e sugeriu que eu visitasse o campus da UFRJ na Praia Vermelha, que hoje ocupa o palacete do Hospício Pedro II, o primeiro hospital brasileiro destinado aos "alienados" e o segundo maior da América Latina. Além de conhecer um lugar sobre o qual li tanto — quase todas as obras que consultei de fato passavam por ali em algum momento —, eu poderia visitar as bibliotecas e os arquivos do campus, que sem dúvida deviam preservar muitos registros de casos e um bom número de exemplares de jornais e revistas da época. As crônicas, concluiu ele, livres do rigor científico, poderiam guardar o que eu tanto procurava.

Lamentei o desencontro, mas acatei e agradeci sua sugestão com entusiasmo. Como havia sacrificado alguns fins de semana pelo trabalho no primeiro semestre, consegui dois dias de folga sem dificuldade e alonguei minha estada. Nos dias que antecederam a visita ao campus, mal pude conter a inquietação; era uma espécie de confiança ingênua ou até um otimismo vaidoso, ambos inconciliáveis com as probabilidades históricas de existir o que quer que eu esperava encontrar. Eu imaginava descobrir nos arquivos do campus da Praia Vermelha ao menos uma crônica que descrevesse as características do mal do senhor, ainda que apenas como uma expressão popular, e que narrasse alguns exemplos. O texto teria até aquele tom de galhofa que coloria as críticas sociais mais ácidas dos cronistas de então.

Mas fosse confiança ou otimismo o que me tomava, o fato é que minha inquietação transpareceu nas reuniões de trabalho e foi vista pela chefia como distância e até mesmo falta de interesse. Pouco depois eu seria repreendido por isso.

Olhando em retrospecto, percebo que naquele momento eu já ia me afastando das minhas funções no emprego; apesar de na época ter considerado injusta, aquela chamada teve razão de acontecer.

Sem a habilidade de prever o futuro, encerrei o segundo dia de trabalho tranquilo e animadíssimo. Nas primeiras horas da manhã seguinte, chamei um Uber com destino ao campus da Praia Vermelha e tive a sensação de que o trajeto de pouco menos de meia hora seria uma viagem de cento e setenta anos. Durante todo o caminho, fui projetando sobre a cidade atual as imagens que me foram inspiradas por meses de leitura. Ao entrar na avenida Venceslau Brás, entupida de carros e ônibus, caótica naquele horário, tentei me localizar mentalmente no terreno da Chácara da Capela, área que foi doada a d. Pedro ii e se revelou perfeita para o hospício por ser afastada da agitada capital do império. Na confusão estridente do trânsito do Rio de Janeiro, desafiado por buzinas cortantes, roncos grosseiros de escapamentos e a disposição incomparável do carioca para xingar, lembrei que a região foi aprovada pelos médicos "alienistas" por ser tranquila, cheia de ar puro e profundo silêncio, o que era indicado para o tratamento dos "alienados".

Sem atestar nenhum daqueles benefícios, desci do carro na entrada lateral do campus, mas não entrei. Caminhei até o fim da Venceslau Brás e virei na avenida Pasteur, à direita. Queria dar uma volta no palacete para observar quanto da imponência e da beleza do projeto inicial, tão citadas nos livros, ainda se preservava.

Hoje o prédio é contornado por uma mureta de concreto, de uns cinquenta ou sessenta centímetros de altura, que sustenta grades de ferro escuro, bastante adornadas, terminando em lanças pontiagudas a uns trinta centímetros acima da cabeça; a cada sete ou oito metros, um pilar de concreto se eleva até uma altura bem superior às lanças; no topo desses pilares, há uma base de sustentação quadrada que não sustenta nada. Nessa longa barreira entre a rua e o prédio, a mureta e os pilares estão encardidos e repletos de pichações; as grades de ferro, também imundas, são carcomidas pela ferrugem. Atrás de tudo isso, contudo, o palacete se ergue altivo.

Dois pavimentos e um pé-direito generoso ainda hoje impressionam. A pintura amarela confere um ar valioso à arquitetura ostensiva que, em um primeiro momento, encheu de esperança e orgulho a comunidade médica do Rio de Janeiro (mais tarde, a construção foi considerada pouco prática para os tratamentos necessários). Enquanto caminhava, contei vinte janelas em cada andar antes do bloco central; notei também que os projetistas haviam escondido o telhado atrás de uma moldura ornamentada por estátuas e vasos (o nome correto dessa moldura é platibanda; tive que procurar mais tarde). Quando alcancei o bloco central, foi impossível não me deter alguns minutos: o pórtico ainda se faz suntuoso. Uma escada ampla leva a três portas grandes ladeadas por quatro colunas de pedra nobre; no pavimento superior, as três sacadas me pareceram, àquela distância, feitas inteiramente de mármore; no alto, um triângulo opulento e clássico guarda um brasão de armas que desconheço (e que, como nunca fui afeito a monarquias ou exércitos, me poupei de conhecer).

Lembro que fiquei tão impressionado diante do pórtico que prometi a mim mesmo pesquisar imagens do hospício em seus primeiros anos. Se hoje seu esplendor permanece tão impactante mesmo sufocado pelo caos visual e sonoro da cidade, não consigo imaginar o efeito que causava na paisagem bucólica em que foi construído (promessa que acabei não cumprindo).

Segui minha caminhada: a ala à direita do bloco central é idêntica à anterior; a única diferença é que nesse trajeto andei por mais tempo à sombra de árvores — o que no Rio é um alívio em qualquer época do ano. Quando terminei de cruzar toda a fachada do palacete, me virei para observar o cenário completo daquele ângulo. A avenida Pasteur, agitada, ruidosa, área nobre de uma cidade confusa e violenta; a barreira de concreto e ferro, severa e imunda; e a construção de cento e setenta anos que ainda hoje preserva sua pomposidade opressiva. De frente para aquele quadro, sobrepondo as duas épocas, me perguntei de que lado da grade era mais provável encontrar os loucos.

Já dentro do prédio, deixei que a curiosidade me guiasse. Tentei encontrar na estrutura atual do campus universitário o que ainda se preservava da construção quase bicentenária. Me surpreendi ao perceber que é bem mais do que eu esperava: os corredores de paredes azulejadas, os forros geometricamente ornamentados, as janelas das salas de aula guardando a vista dos quartos dos internos... Me chamou a atenção que, ainda hoje, durante o dia, o pórtico pode ser usado, embora não seja mais a entrada principal: os acessos laterais do campus contam com muito mais fluxo. No entanto, professores e alunos que quiserem passar pelo pórtico, por atalho ou curiosidade, como a minha, ainda cruzam o mesmo átrio amplo percorrido por alienistas e alienados: ali, a escadaria monumental permanece grandiosa, porém interditada — mesma situação da capela no segundo andar, para onde os degraus de pedra nobre conduziam.

Logo descobri que a posição da capela não foi uma escolha aleatória: lendo sobre as origens do prédio, soube que a elevação do pequeno santuário católico a um plano superior ao restante das estruturas de atendimento foi planejada desde o início com o intuito de evidenciar que a religião seria posta acima da ciência — caráter que definiu os tratamentos oferecidos no manicômio até a total transferência dos pacientes para outros centros, em 1943.

Essa sobreposição foi, sem dúvida, o principal tema dos textos que encontrei sobre o hospício nas bibliotecas do campus. Vi muitas crônicas, ri de muitas charges e li vários poemas críticos a essa característica da instituição. Os versos que cito no início deste relato, por exemplo, foram retirados do periódico satírico *A formiga*, de 1862, que encontrei naquela manhã; a autoria é desconhecida, mas o objeto da crítica não: as "irmãs de caridade" que dão título ao poema eram as freiras que cuidavam do local.

A figura das irmãs é recorrente, quase sempre em textos de denúncia, uma vez que a consequência prática das ordens das irmãs de caridade eram superiores aos preceitos médicos dentro do manicômio. O tom é direto, como neste outro exemplo:

No seculo em que tudo é luz.
Para bem da humanidade,
Inventou-se para flagello
As irmãs de — Caridade — !

Com capa de hypocrisia,
Illudindo á sociedade,
Não passão d'impostoras
As irmãs de — Caridade! —

Dizendo ser tudo a bem
Desta tão bella cidade,
Vão instalando collegios
As irmãs de — Caridade — !

Mas é tempo para tirar
A illusão á magestade,
Expellindo d'entre nós
As irmãs de — Caridade — !*

    Lendo as acusações nos jornais da época, é fácil acompanhar o raciocínio: a loucura, antes tida como inerente ao ser humano, se tornara objeto de estudo — com razão, uma vez que podia trazer riscos para o convívio em comunidade; com a inauguração do Hospício Pedro II, esse estudo passou a ser institucionalizado; e, uma vez que o local era conduzido por valores religiosos, as internações (e a manutenção compulsória dessas hospitalizações) se davam não por uma decisão baseada em fatos científicos, mas por uma ordem moral ditada pela Igreja. Portanto, aqueles que não se encaixavam no conjunto de valores e regras católicos também eram considerados loucos — e por esse motivo mereciam o aprisionamento manicomial por tempo indeterminado.

    Apesar de todas as crônicas, de todas as charges e dos inúmeros poemas satíricos de autoria desconhecida, as "irmãs de caridade" conseguiram preservar os valores religiosos acima da ciência durante os anos de funcionamento do hospício. O que não se preservou, no entanto, foi a capela: um incêndio

---

* "As irmãs de — Caridade — glosas". *O Escorpião*, Rio de Janeiro, ano 1, n. 2, p. 4, nov. 1862.

em 2011 consumiu boa parte de sua altivez, por isso ela permanece terminantemente fechada. Já a escadaria está interditada há tanto tempo que ninguém soube me dizer quanto. O acesso é impedido por frágeis tapumes de madeira e, sobretudo, por histórias de espíritos errantes que nunca conseguiram alta.

Agora escrevo com calma, mas na hora não foi assim. Gostaria de poder contar que foi uma assombração que me tirou do campus antes mesmo do fim da tarde do primeiro dos dois dias que planejei ficar ali vasculhando as prateleiras. Mas não foi. Compreender a integralidade de como a religião interferia na administração me fez levantar da cadeira e buscar a saída como se eu fosse um dos alienados trancafiados naquele prédio. Lembro de deixar o palacete completamente atordoado por uma lógica de pensamentos que me fazia sentir vergonha e raiva: se a Igreja católica definia de forma arbitrária o que era loucura e o que era sanidade com base em seu código moral, e se essa mesma Igreja validou, incentivou e sustentou a escravidão através de bulas papais, missões catequizadoras, financiamentos, castigos, sermões e tantas outras formas cruéis de se desumanizar alguém, é óbvio que o hospício (1) jamais consideraria que a reação de pessoas brancas ao fim da escravidão pudesse ser avaliada como uma enfermidade — mesmo que apenas sugestionada em tom de escárnio por uma expressão popular; e (2) jamais guardaria qualquer documento que pudesse indicar isso, mesmo que fosse uma crônica de jornal.

Não me recordo dos caminhos que tomei naquela tarde; saí sem rumo, só queria distância do prédio. Já retorci a memória tentando refazer meus passos, buscando as ruas em que entrei, as esquinas que dobrei, mas não consigo. A única referência que minha lembrança preservou foi a sede do Botafogo, porque, ao passar por ela, a imagem do Henrique me veio à mente por um instante muito breve. Mas nada mais. Nenhuma placa de rua, nenhuma fachada em especial. Sequer tenho noção de quanto tempo durou aquela caminhada, se foram três minutos, trinta ou três horas — nem tenho certeza se caminhava ou corria.

Até que deparei com o sebo — e nele achei o que vinha procurando.

A fachada era simples: uma porta metálica, naquele momento levantada, e um degrau alto e vermelho. A frente se dividia numa diagonal: na fatia inferior, a luz do sol retocava com seu brilho uma pintura já tão gasta que não identifiquei a cor original; na superior, a sombra de um prédio vizinho escondia — e talvez por isso eu não lembre o nome — a placa simples que identificava o lugar. Um senhor muito magro, de pele retinta, estava sentado em uma cadeira de plástico amarela, à esquerda da entrada, de modo que seu rosto se mantinha protegido do sol ao mesmo tempo que ele aquecia o tronco e as pernas. Não me recordo do livro que tinha nas mãos; não sei se reparei, na verdade, mas lembro que ele chamou minha atenção sem levantar os olhos da página com um bordão que devia repetir para qualquer um que passasse por ali: "Só livro raro. Sem poeira é mais caro". Sorri. Entrei.

O sebo ocupava um espaço retangular estreito e profundo, mas não era grande. As paredes ficavam atrás de estantes metálicas carregadas de livros e alinhadas até o fundo da loja. No centro, outra fileira longa criava dois corredores laterais. As estantes não eram uniformes: algumas eram altas e cinza, outras verdes e largas, uma mais baixa tinha as prateleiras fechadas por portinhas. As seções eram identificadas por uma letra cursiva em papeizinhos amarelos colados com durex. Perto da entrada, à esquerda, um pequeno balcão branco, de madeira compensada, também tinha a parte inferior recortada pelo sol; sobre ele havia um caderno de capa preta, uma maquininha de cartão, um celular carregando e alguns lápis, canetas e clipes dentro de uma caneca do Vasco.

Lembro de tomar o corredor da direita e imediatamente me dar conta de que o bordão tinha um fundo de verdade: aquele senhor não devia espanar os livros com a frequência necessária. Além disso, inúmeras capas estavam amareladas e havia mofo acumulado na parte superior de vários deles. Por outro lado, o homem não mentira sobre a raridade: encontrei exemplares bastante antigos e muitas obras de confecção artesanal, com lombadas grampeadas ou mesmo amarradas, que não pareciam ter sido lançadas por uma editora — ou ao menos não por uma estabelecida, uma vez que não traziam qualquer informação a respeito da edição.

Foi um desses livros que me chamou a atenção. Estava na parte de baixo de uma das estantes do fundo; sua lombada descoberta revelava o miolo formado por blocos de papel presos por uma costura simples e uma pincelada de cola amarela, contrastando com as lombadas grossas, todas escuras e pálidas, dos livros ao redor. Agachei. Ao puxar o livro, a quarta capa (que se resumia a um papel um pouco mais grosso que as folhas do miolo) quase saiu na minha mão. Vi que estava rasgada e que fora mal colada com alguns pedaços de fita crepe. Notei também que um dos cantos do livro estava chamuscado, como se tivesse escapado de um incêndio.

Levei algum tempo avaliando o estado daquele exemplar antes de finalmente o virar. O título era: *Fúria: Análise dos surtos de agressividade como um dos efeitos da abolição na psique da classe dominante brasileira.*

Senti um rastro de pólvora queimando em mim. Abri o livro como se algo estivesse para explodir.

Falso rosto.
Folha de rosto.
Sumário.
O dedo escorregando pela página.
p. 98: Linhagem familiar e o "mal do senhor"
Explodi.

Me questionei muito sobre como traria o conteúdo do livro para esse relato. A maior preocupação era, ao transpor para cá o material que encontrei, acabar contaminando-o com meus vícios de escrita literária. Contudo, reproduzir trechos seria maçante demais para quem lê, já que é um conteúdo técnico e antigo. Decidi, portanto, resumir os pontos principais, tentando neutralizar ao máximo minha voz literária (se é que tenho uma).

O exemplar do livro *Fúria: Análise dos surtos de agressividade como um dos efeitos da abolição na psique da classe dominante brasileira*, doravante apenas *Fúria*, data de 1957 e foi lançado na capital paulista, conforme indicado na folha de rosto. Não há informações sobre a editora. Os autores ocultaram seus nomes e são apresentados apenas por iniciais: M. S.; P. C. M.; V. B. e A. C. Pelo que está posto no prólogo, trata-se de um grupo de psicanalistas e cientistas negros* que se reuniu para estudar o tema. A ocultação dos nomes, explicam, se deu por uma questão de autoproteção, uma vez que as publicações científicas "vivem sob um abjeto controle dos eugenistas" e os indivíduos "que se levantam contra o pensamento imposto [pela classe dominante] sofrem represálias tremendas".

Na introdução, os autores dissertam longamente sobre os efeitos da escravidão na subjetividade dos indivíduos negros. A manutenção do sistema econômico baseado na exploração do trabalho e na desumanização de pessoas negras só foi possível graças ao emprego de um grau inimaginável de violência, cujo uso foi uma ordem vigente por quase quatro séculos, impactando não só as gerações de pessoas negras que tentaram sobreviver a ela mas também as que nasceram após o Treze de Maio. Pelo que diz a introdução, o tema vinha sendo debatido desde a década de 1940 na Escola Livre de Sociologia e Política, em São Paulo, e encontrava ressonância em estudos realizados nos Estados Unidos, principalmente por pesquisadores da Escola de Chicago, com quem o grupo de autores afirmou ter trocado "intensa correspondência".

Por outro lado, não há nenhum estudo sobre como essa violência brutal se perpetua na população branca, que foi quem criou, justificou e executou diariamente, por séculos, esses atos de crueldade máxima.

---

* Considerei que V. B. poderiam ser as iniciais da Virgínia Bicudo, socióloga e psicanalista, a primeira a estudar as relações raciais no Brasil. Contudo, não encontrei outros indícios que confirmassem essa suposição.

"Se uma pessoa viu sua mãe jogando óleo fervente em uma mulher negra, e a sua mãe viu a mãe dela fazendo o mesmo, e a mãe dela viu a mãe fazendo o mesmo, como esse ato de violência extrema se introjeta no seu inconsciente? Uma vez introjetado, como isso se exterioriza quando a pessoa não pode mais jogar óleo fervente em ninguém? Como isso interfere na dinâmica inter-racial atual? E, principalmente, quais as consequências disso para a população negra?"

Será sobre esses aspectos, prometem os autores ao fim da introdução, que irão se debruçar.

O primeiro capítulo é breve. A tese proposta é de que na dinâmica social atual os ataques de fúria de indivíduos brancos contra pessoas negras, disparados sem motivo aparente, caracterizam uma síndrome. A afirmação se baseia em uma série de depoimentos nos quais coincidem fatores de risco, agente disparador e sintomas. Os objetivos dos autores são dois: comprovar os elementos que caracterizam os ataques como uma enfermidade e explorar a possibilidade de esta ser uma condição comportamental hereditária.

Nos capítulos seguintes, a obra se aprofunda em investigar a memória dos descendentes diretos de traficantes e senhores de pessoas escravizadas — fossem os antepassados pequeno-burgueses, urbanos, com posse de um ou dois escravizados, ou grandes fazendeiros que chegaram a possuir centenas de pessoas. Fundamentando-se no conceito junguiano de inconsciente coletivo, os autores examinam a herança arquetípica, isto é, a herança de imagens primordiais deixada pelo grupo social que promoveu de forma corriqueira e perversa a exploração da população negra no Brasil.

A partir desse ponto, *Fúria* apresenta uma série de arquétipos presentes no imaginário hereditário branco, catalogados ao longo da pesquisa. Há um capítulo extenso especialmente dedicado a dois arquétipos que, segundo os autores, são "fundadores do sentimento de frustração da população branca do pós-abolição": a alma alva e o subser.

Em resumo, alma alva é a figura que representa a mais pura essência do que é ser humano; ter uma "alma alva" significa carregar os valores da própria humanidade; por conta disso, esse modelo inclui o sentimento de se arrogar a superioridade de tal humanidade, exigindo seu reconhecimento. Já o subser é a figura abaixo da humanidade, aquele que não a alcançou e por isso deve servir aos seres que são humanos — e superiores.

O desenvolvimento coletivo desses arquétipos ocorreu ao longo da escravidão e é possível compreender uma relação de interdependência entre eles: a alma alva só reconhece sua própria humanidade porque o subser não é humano — isto é, a imagem do subser violentado, massacrado, humilhado é o que humaniza a alma alva. Algo como: "Sou humano porque o que acontece com eles (subseres) jamais poderia acontecer comigo".

Feita a exposição dos arquétipos no imaginário escravocrata brasileiro, os autores apontam uma ruptura psíquica que viria a definir muitas das relações sociais inter-raciais no Brasil pós-abolição: se antes do Treze de Maio a violência ancestral dos brancos era reconhecida e legitimada pelo Estado, o que acontece com essa pulsão cruel e hereditária quando ela não é mais legalizada?

Os autores respondem: o mal do senhor.

Na página noventa e oito se inicia o capítulo em que se propõe a existência de uma síndrome a que chamam de "mal do senhor": uma perturbação que acomete descendentes de famílias escravocratas e é transmitida de geração em geração. Desenvolve-se a partir do somatório de dois fatores: a supressão da memória dos atos de violência extrema cometidos por seus antepassados aliada à perpetuação dos arquétipos alma alva e subser no subconsciente do indivíduo. Os autores ressaltam, porém, que ainda que se encontrem presentes os dois fatores, essa condição tem caráter de predisposição, isto é, o indivíduo pode nunca manifestar a perturbação caso não tenha contato com o agente disparador.

O que seria o agente disparador? O convívio com pessoas negras em exercício pleno de sua liberdade. Ao entrar em contato com elas, o indivíduo portador da condição é acometido por um ataque de fúria característico, determinado não só pela incapacidade de conter impulsos agressivos — manifestados por gritos, xingamentos, quebra e arremesso de objetos — como também pela exigência do reconhecimento de sua suposta superioridade.

Há uma infinidade de depoimentos, coletados durante o estudo, de pessoas negras que sofreram com os ataques de sujeitos brancos. Há também muitos recortes de jornais da imprensa negra noticiando episódios públicos do mal do senhor; alguns, destacam as matérias, evoluíram para crimes. Os próprios autores de

Fúria contribuem com a pesquisa ao compartilhar relatos sobre momentos em que foram abruptamente atacados por indivíduos brancos ao longo de sua carreira.

O ataque de fúria é uma resposta emocional ao sentimento de frustração, que conta com um capítulo inteiramente dedicado a esmiuçar essa comoção coletiva branca cujo crescimento ao longo do século XVIII é proporcional à força dos movimentos abolicionistas e que chega ao auge com a abolição. Daí em diante, muitas das relações inter-raciais passam a ser contaminadas pelo que os autores chamam de "frustração senhorial branca", um sentimento que surge quando os indivíduos brancos se dão conta de que não podem mais se valer da violência para controlar as vidas e os corpos de pessoas negras.

Ao fim da exposição dos conceitos de mal do senhor e de frustração senhorial branca, o livro traz dois capítulos extras. No primeiro, o grupo de autores relata que por diversas vezes tentou oficializar os estudos sobre o tema, buscando o apoio de universidades e hospitais, mas que todas as instituições rechaçaram qualquer possibilidade de aprovação, alegando que a tese é fantasiosa e desatinada. Por conta disso, os autores investiram tempo e recursos financeiros próprios na pesquisa durante mais de doze anos, período em que sofreram algumas tentativas de silenciamento, nas quais não se aprofundam.

O incômodo causado pela iniciativa deixa claro que não há fantasia ou desatino em pesquisar o mal do senhor. É urgente que a ciência brasileira se debruce sobre a síndrome, uma vez que ela é uma forma de perpetuação da violência física e psicológica que a população negra sofre há tempo demais. *Fúria* é um apelo para que órgãos internacionais "obriguem o Estado brasileiro a assumir <u>oficialmente</u>* a existência do mal do senhor" e permitir pesquisas sobre ele.

Por fim, o último capítulo é intitulado "Extraoficialmente" e apresenta uma denúncia. Apoiando-se em evidências concretas, os autores revelam que, apesar de as pessoas negras serem as vítimas incontestáveis do mal do senhor, o Estado brasileiro oferece, há pelo menos três décadas, tratamento para as pessoas brancas.

Veem-se fotos de dois sanatórios: um na faixa montanhosa entre os estados de São Paulo e Minas Gerais, outro na região serrana do Rio de Janeiro. Ambos funcionam desde a década de 1920 sob o disfarce de casas de repouso para tratar tuberculose. Contudo, uma série de documentos revela sua verdadeira função: fichas de internação relatam ataques de fúria contra "um negro desaforado que me chamou pelo nome" e "uma negrinha que se negou a carregar minhas compras", por exemplo; laudos médicos descrevem sintomas como "profunda frustração que evolui para acessos de agressividade recorrentes"; já nos prontuários, soníferos e calmantes são indicados regularmente. As fotos internas, anexadas aos documentos, mostram instalações luxuosas, de alto padrão (pela qualidade e ângulo, provavelmente foram capturadas de maneira sigilosa).

Entre os tratamentos oferecidos, há uma atividade prescrita a todos os pacientes: ela aparece nos prontuários como IPEC, sigla para "interação progressiva com

---

* Grifo mantido conforme o original.

elemento causador". Segundo fontes não reveladas, as IPECs são sessões em que os agressores são postos em contato social com pessoas negras, simulando cenas cotidianas. A cada sessão as interações se tornam mais longas, com o objetivo de que os internos aprendam a controlar seus impulsos raivosos e, por fim, recebam alta.

Os autores destacam o quanto essa prática expõe o viés elitista e racista com que o Estado brasileiro lida com os casos de mal do senhor. Mesmo sendo os agressores indivíduos brancos — herdeiros de uma posição social alcançada ao custo de vidas negras —, são vistos como vítimas e ainda recebem um tratamento que se utiliza, justamente, de uma vida negra, à disposição apenas para servir-lhe.

Encerrada a denúncia, na página final o grupo reforça o apelo de que a obra chegue às mãos de entidades internacionais e que o mal do senhor seja estudado urgentemente com um único — e o correto — objetivo: a segurança de pessoas negras em exercício pleno de sua liberdade.

Eu estava em Alfenas, Minas Gerais, quando terminei de ler *Fúria*. Lembro de sair para caminhar pela minha cidade natal arrebatado pela compreensão do mal do senhor. Se antes falei que para escrever é preciso ordenar os pensamentos e dar um sentido a esse encadeamento, naquele instante eu precisava andar para que meus próprios pensamentos não me desnorteassem.

Muita coisa se misturava: um sentimento de conquista, ou de satisfação, por finalmente ter encontrado o que tanto procurei — talvez os arqueólogos sintam algo parecido quando deparam com uma relíquia dourada depois de uma longa escavação; mas havia também um desconsolo indigerível que parecia dobrar meu próprio peso, um desgosto maciço que me dava a sensação de ter de me arrastar enquanto caminhava. Demorei alguns dias para compreender que a relíquia que desenterrei não era reluzente; seu valor estava no próprio ato de ser trazida à tona.

Mais tarde, conversei com minha irmã e contei tudo o que tinha descoberto. Ela chorou e depois de alguns minutos de silêncio disse, mais para si mesma que para mim:

— Então não era eu... a culpa não era minha...

Nos abraçamos. Nos fortalecemos.

Voltei para São Paulo serenamente decidido sobre o que fazer. Não é difícil encontrar a "casa de repouso" quando se sabe o que procurar. Pedi demissão e, com o objetivo de coletar evidências — que envio em um segundo envelope —, há dois meses me voluntariei como totem para as atividades de IPEC. É daqui que remeto este relato.

Vinícius Neves Mariano
Novembro, 2023

Obs.: Cuidado com a quarta capa do livro. Fiz o que pude para fixá-la, mas não sei como ela vai chegar depois de uma viagem tão longa.

Obs. 2: Reconheci a senhora do café em Ipanema. É a quinta passagem dela por aqui.

Subúrbio da solidão

A despeito do afago com que mamãe me acorda, desperto todos os dias como se ressuscitasse. Um resto de grito rasga a boca, e sugo um bolo de ar em tamanho desespero que minha cabeça é arremessada para trás. O coração dispara, o breu não o alivia. Estou vivo. Estou vivo.

Mamãe não se recorda de quando isso começou, mas me serena sempre do mesmo jeito: faz do seu peito ninho e acaricia minhas costas três vezes antes de sussurrar que está na hora de irmos. São quatro da manhã.

Às cinco, desde que me conheço por gente, minha comunidade se reúne. Dizem que nesse horário, quando a noite finalmente abdica do breu, é que nossa pele negra fica mais reluzente. Somos da cor do céu, temos o matiz da terra. Enquanto esperamos, há quem pegue um instrumento e há sempre quem acompanhe, cantando; então a fogueira convida as sombras a dançar. Em torno do fogo, nos acolhemos.

Enquanto me arrumo para sair, apático como qualquer um que acorda da segurança de já estar morto, mamãe conta que seus velhos faziam o mesmo, e que os velhos de seus velhos também. Soma um detalhe a cada vez que conta, para justificar a necessidade de repetir a história. A cada vez que conta também finge esquecer outros pormenores, para que sempre haja o que acrescentar na próxima. É o jeito dela de tentar dar sentido ao fato de nossa comunidade se reunir todos os dias em torno da fogueira: para celebrar um costume antigo, ela reforça, para manter a tradição. Escondendo os olhos na gaveta em que finge escolher um lenço para a cabeça, insiste que não preciso ter medo, que esses mesmos velhos, e os mais velhos desses velhos, vão me proteger. Mas eu não tenho medo. Os meus pesadelos não são por isso.

Comunidade reunida, assim que o sol nasce, cento e vinte de nós vão desaparecer. Ninguém sabe quem serão os escolhidos da vez — é totalmente aleatório. E inevitável: quando saímos de casa, todas as madrugadas, não temos nenhuma garantia de que vamos voltar. É por isso que nossa gente se reúne a essa hora: para se despedir, para aproveitar até o último minuto da companhia de quem talvez suma. Ou de quem talvez fique.

Quando chego à cozinha, ela já passou o café. Duas xícaras na mesa. Se não tem pão, tem bolachinhas da minha avó, sempre à mão para essas urgências. Mamãe se serve do que for para se emudecer. Também fico em silêncio. Faltam poucos minutos para sairmos. A essa hora, é como se morássemos nos subúrbios da solidão.

Diante da porta de casa, bato as mãos nos bolsos da calça e finjo não saber onde deixei minhas chaves; me arredo. Faço isso porque sei que mamãe precisa de um momento para si. De longe eu a observo, como já fiz tantas vezes: ela segura a maçaneta como quem sela um compromisso, fecha os olhos por alguns segundos e deixa que uma reza breve contorne seus lábios.

Nem sempre fomos apenas dois. Meu pai nos deixou há quase dez anos, quando eu tinha apenas sete. Do que respingou em mim dos cafés servidos com muito açúcar e cochichos ao longo dos anos, ele e mamãe vinham falando em separação. Entenderam que um tempo longe um do outro poderia fazer bem. Algumas semanas, que fosse; um mês, no máximo; o suficiente para repensarem a relação.

Fiquei com minha avó durante aqueles dias e não consigo me lembrar de nada mais do que ter recebido, naquela única vez, a permissão de me empanturrar de bolachinhas a qualquer hora. Minha avó conta que na data marcada para meus pais se reencontrarem, mamãe passou a manhã toda no salão — e aqui minha avó coloca a xícara na frente da boca, como se cochichar não bastasse —, mas meu pai não apareceu. Até hoje, mamãe nunca soube se foi abandonada pelo companheiro ou se meu pai foi levado em uma daquelas manhãs. Ou os dois.

Junto à comunidade, observamos a fogueira de longe e em silêncio. Hoje o sol vai nascer às cinco e dezessete. Ainda temos alguns minutos. Mamãe agarra meu braço e mesmo cabisbaixa procura manter uma postura solene. Do meu lado esquerdo, uma mulher de cabelos raspados ajeita em um menino uma jaqueta lilás muito maior que ele. Atrás, um casal jovem se beija e promete: aconteça o que acontecer, não irão desistir até conquistarem o diploma; juram que, se um deles se for hoje, farão isso um pelo outro. À minha frente, do outro lado da fogueira, um grupo de mulheres mais velhas, organizadas em algum tipo de movimento, trazem estampadas em camisetas brancas fotos de filhos e filhas levados nessas manhãs; juntas, entoam baixinho versos de dor que se evaporam ao atravessar a fogueira e não chegam a mim. Ao lado delas está um garotinho de uns dez anos, com uniforme escolar; seus olhos refletem as chamas enquanto ele mira o vazio.

Em uma clareira discreta, uma senhora de cadeira de rodas e olhos fechados tamborila o indicador direito na própria coxa, acompanhando as batidas mais graves de um atabaque tocado por uma adolescente de pele clara, regata branca e ombros tatuados, mais ou menos da minha idade, sob a supervisão de um senhor com guias azuis no pescoço. Então, mamãe aperta meu braço a ponto de deixar nele as marcas dos dedos. Olho no relógio. São cinco e dezesseis.

Nem sempre fomos apenas três — eu, minha mãe e meu pai.

Em casa, não se fala sobre o tempo em que eu nasci. Minha avó contou apenas que foi tudo muito difícil, porque, em determinado momento, a barriga de minha mãe cresceu tanto que ela não podia mais pegar o ônibus para ir ao trabalho. Sem o apoio da empresa, teve que pedir demissão, o que fez com que a família apertasse o cinto logo no momento em que mais precisava de dinheiro.

Demorei a perceber que falar do apuro financeiro era pretexto para não contar sobre algo muito mais delicado. Minha mãe não estava esperando apenas um bebê, eu, mas também meu irmão gêmeo. Por isso o tamanho da barriga. Minha avó contou que já tinham comprado dois berços e arrumado um ao lado do outro no quarto. O enxoval duplo também estava preparado; ela mesma havia bordado as iniciais de meu nome e do de meu irmão para diferenciar as peças de roupa. Apesar do aperto, a casa estava pronta para nos receber.

Nascemos em uma terça-feira, por volta das cinco e dez da manhã. O sol nasceu logo depois e infelizmente levou meu irmão.

Para minha mãe e minha avó, o assunto acaba aí. Mas não para mim.

Com dez, onze anos, comecei a ter um pouco mais de consciência da crueldade a que somos submetidos neste mundo. Ninguém suporta acordar todos os dias sabendo que hoje pode ser o último. Ninguém suporta sair de casa todas as manhãs rumo ao trabalho, à escola, sem garantia alguma de que vai voltar. O horror cotidiano sufoca. E, ainda que seja um alívio chegar em segurança depois de mais um dia, dilacera receber notícias de todas as pessoas que não conseguiram fazer o mesmo.

Passei a me perguntar por que eu a cada vez que voltava para casa. Se tanta gente desapareceu hoje, por que ainda estou aqui? Por que sigo vivo enquanto tantas pessoas iguais a mim são levadas? Essa culpa é minha forma de loucura. Mamãe não se lembra, mas foi nessa época que comecei a acordar como se ressuscitasse. Só agora, sete, oito anos depois, entendo que era natural, naquelas condições, eu me sentir atraído pelo fogo.

Nas reuniões, passei a me desvencilhar de mamãe para ficar cada vez mais perto da fogueira.

Um dia fechei os olhos e, diante das chamas, comecei a imaginar como seria desaparecer. Acho que não era um desejo, pelo menos não ainda. Mas a faísca daquele pensamento cintilou em algum lugar aqui dentro. Os primeiros raios do sol tocando minha pele, meu eu evaporando, mamãe...

Então uma voz interrompeu esses pensamentos. Eu não saberia descrevê-la. Era afável, mas possuía a fortaleza de se fazer inquestionável. Era a voz dele, do meu irmão. Aquele que foi gerado junto comigo, a quem eu estava ligado antes mesmo de ser. Não disse seu nome, não mencionou o meu. Fez um único pedido: "Viva por mim".

Às cinco e dezessete, quando o primeiro raio de sol toca nossa pele, é como se a noite tornasse a nos cobrir com sua manta mais escura. Os escolhidos subitamente desaparecem. A vida escoa tão repentina quanto um estampido. Os instrumentos ressoam o silêncio. A fogueira faz as sombras tremerem. Os olhos refletem o fogo e ardem. O instante mudo logo é estraçalhado pela dor que pulsa nas gargantas dos que ficam. Há quem tenha forças para protestar, e há sempre quem acompanhe — a fogueira queimando dentro de nós.

Mamãe abre os olhos, sempre molhados nessa hora. Aliviada, me beija e se afasta, acolhendo os que estão mais próximos, como faz comigo depois dos pesadelos. Gostaria de contar para ela sobre a promessa umbilical que fiz ao meu irmão, mas mamãe não precisa ser lembrada dessa perda. Sei que vou viver, por ele e por todos que já foram, e talvez por isso eu acorde, a cada dia, como se ressuscitasse.

Engenharia

I

    devia ter colocado uma camisa, aquela de linho sem gola; não que esteja malvestido, de forma alguma, está com uma calça de brim clara e uma camiseta preta, lisa, as duas novas e bem passadas, mas quando entra no carro nota que ela se produziu toda; desculpa, bonito, atrasei, júlia fala, como se fosse um problema; você está linda hoje, ele responde, e lhe dá um selinho, apaixonado, surpreso, desconfiado, tudo isso perfumando o elogio; só hoje?, ela brinca e lhe dá outro beijo, mas agora segurando seu rosto, buscando sua língua; alecrim?, ela sugere com o sorriso de quem acabou de matar a sede, dá a partida e eles saem pra jantar, o aviso no painel do carro alertando que ele precisa botar o cinto de segurança; se estivesse com a camisa de linho ia amassar, ele pensa, mas devia ter colocado mesmo assim

    não tinha como adivinhar que júlia ia escolher o alecrim, no meio da tarde ela mandou só jantar hoje?; geralmente até as mensagens dela são carinhosas, começam perguntando como ele está, terminam qualquer assunto com um beijo; percebeu que estava apaixonado por júlia quando o whatsapp ficou fora do ar por quase meia hora no meio da tarde de uma terça-feira e ele sentiu falta das mensagens dela; por isso estranhou o jantar hoje? tão seco; dia cheio, devia ser gostam de sair pra comer, nesses dez meses de relacionamento até criaram uma classificação dos restaurantes e bares da cidade no bloco de notas do celular, que atualizam com a diligência que só os apaixonados têm; ele prefere restaurantes, ela bares; bora, bonita, você me pega às oito?, ele respondeu tentando ser sucinto sem deixar de ser fofo, e então recebeu um emoji de joinha amarelo; dia cheio, com certeza

por isso escolheu uma camiseta, supôs que júlia ia querer tomar uma cerveja no araújo pra espairecer, ou até no viola, que é mais relaxado, mas às oito e vinte apareceu toda produzida e sugeriu o lugar mais chique da cidade, se teve um dia cheio não parece; ela pergunta do seu dia, se está tudo bem no trabalho; liga o som do carro e conecta o celular, ainda que o trajeto até o alecrim não leve nem duas músicas inteiras a essa hora; sempre que fica animada ela morde o lábio inferior meio de lado e sorri com o canto da boca e está assim o caminho inteiro, enquanto ele encara esse sorriso consciente de estar hipnotizado

pedem de entrada uma salada de folhas verdes tomate-cereja castanhas caramelizadas e pedaços de gorgonzola, ele não bebe e pede água com gás, já ela quer uma taça de vinho; e aí, você não vai me contar o que a gente está comemorando?, ele pergunta depois de brindarem; júlia arremessa pro céu seu sorriso mais encantador — a cabeça pra trás, a mão no peito, os ombros baixos; logo em seguida inunda o mesmo sorriso com um gole de vinho; bonito, é que... júlia tira a vela do centro da mesa e procura a mão dele, sua voz está um pouquinho mais estridente que o normal, o queixo vacila de leve igual nos primeiros encontros, o jantar no josefina, o café da manhã no garagem; hoje eu recebi o e-mail, ela diz, mas o garçom se aproxima e pergunta se já escolheram os pratos; pra ela a truta com crosta de castanha, pra ele uma tilápia com purê de banana; júlia bebe mais um gole de vinho; você quer me matar, né?, ele brinca não sem alguma aflição; eu passei, bonito, me chamaram pra vaga, e quero que você vá comigo

II

 lá no fundo sabia que fariam alguma coisa mas não quis estragar a surpresa; quando michel pediu sua ajuda pra pegar uma mesa de madeira no sítio — minha mãe pediu pra trazer pra cidade, quer colocar lá em casa, foi o que o amigo falou —, ele precisou se concentrar pra não rir, mas que desculpa mais esfarrapada, pensou, mas se segurou, até porque também sabia lá no fundo que passar uma tarde com a família e os amigos antes de ir seria muito bom, porque está se sentindo estranho, chegou até a chorar durante a semana pensando em tudo o que está ficando pra trás, então claro, cara, respondeu pro michel, sábado que horas?
 da porteira escuta o pagode e é isso que denuncia a festa-surpresa porque o michel detesta pagode; os amigos estacionam o carro embaixo da sombra do pé de carambola sem comentar nada, apenas se olhando e sorrindo
 estão todos em torno da churrasqueira, a família quase completa — pais irmãos avô tios e primos, os amigos de infância que permaneceram na cidade —, os amigos que a vida adulta lhe deu — do trabalho da academia do samba —, e a júlia, claro, que deve ter sido quem conseguiu conectar todos os pilares da vida do namorado; é essa mesa que a gente tem que levar pra cidade, michel?, ele brinca pra disfarçar as lágrimas ao chegar no centro da roda que acabou de gritar surpresa

passa a tarde pulando de conversa em conversa disfarçando o sentimento estranho de sentir saudade das pessoas que ama mesmo na presença delas; ouve muitas perguntas, a maioria ali ficou sabendo da mudança pra são paulo só com o convite pro churrasco de despedida, é que foi tudo tão de repente, explica, não deu tempo de avisar; tia eliane quer saber do emprego, se já está tudo arranjado, e ele responde que não, que ainda não começou a procurar trabalho em são paulo, que as últimas semanas foram corridas a mudança demanda muito tem que organizar tudo separar o que é doação guardar o que for ficar, além das coisas lá no trabalho, pedir demissão aviso prévio finalizar os projetos, não quer deixar ninguém na mão, mas aqui você deixou a porta aberta, né?, a madrinha pergunta, qualquer coisa, se nada der certo lá, você tem pra onde voltar, ela completa, e ele repete mentalmente que qualquer coisa, se nada der certo, você tem pra onde voltar, mas pensar nisso deixa ele triste porque não quer pensar na possibilidade de tudo dar errado, não é assim que se começa uma empreitada

eu até hoje não entendi o que você faz, suave!, o primo mais velho intervém alto como sempre falou desde que eram crianças, época em que um vizinho da avó cansado da gritaria na rua definiu o primo mais velho como bruto e ele, mais novo e mais educado, como suave; trabalha, trabalhava, se corrige, em uma consultoria de estatística, cálculo de probabilidade análise de dados esse tipo de coisa, explica, presta, prestava, serviço pra empresas de vários setores; mas você não fez engenharia, suave?, o primo insiste enquanto ajeita três pedaços de maminha em uma fatia de pão que mal cabe na boca; sim, engenharia civil, responde, sempre quis ser engenheiro mas no primeiro ano do curso gostei tanto de cálculo que decidiu seguir nessa área, se justifica, repetindo a mentira que sempre conta já os amigos estão mais preocupados em saber do apartamento, em que bairro fica, se é perto da paulista do itaquerão do ibirapuera, se vai ter quarto de visita, porque são paulo é sempre bom de visitar e agora vai dar pra economizar no hotel, michel sugere fazendo graça; júlia conta que precisou lidar com essa parte meio que sozinha, nunca viu o namorado trabalhar tanto como nessas últimas semanas, parece até que o trabalho na consultoria dobrou desde que ele avisou que ia sair; mas e o apartamento, tem vaga?, michel insiste, fazendo todo mundo rir, e júlia conta que visitou quatro imóveis mas que nem precisava porque amou o primeiro, a minha cara!, ela garante, a cabeça pra trás, a mão no peito, os ombros baixos, e a cara dele também, apesar de que pelas fotos ele achou o terceiro mais bonito além de estar um pouco mais em conta, ele pensa, mas agora isso não tem importância porque júlia está radiante contando a história e sua gravidade atrai a atenção de todos ao redor; a história por trás desse apartamento é inacreditável, ela fala, os donos compraram há oito meses e passaram seis reformando, elétrica hidráulica tudo, e depois ainda contrataram um escritório de decoração bem famosinho que deixou o apê supermoderninho, vocês vão ver, só que aí menos de um mês antes de se mudarem o proprietário recebeu uma proposta de emprego fora do brasil, canadá, parece, e decidiram ir embora, não é surreal?, ela pergunta, como que indicando que o imponderável da vida pode ser parte de um planejamento maior; era pra ser de vocês, alguém corrobora, era pra ser, outro faz coro, era pra ser, ele mesmo repete em silêncio e pensar nisso o conforta — é assim que se começa uma empreitada; querem saber onde fica o apartamento e júlia responde sumaré, bem perto do trabalho novo dela, nem quinze minutos — mas não tão perto do metrô como ele gostaria que fosse, pensa, só não insistiu por não se sentir à vontade pra isso já que é ela quem vai bancar os primeiros meses de aluguel enquanto ele procura emprego, portanto a prioridade é o trabalho dela e ele se adapta; mas e o quarto, gente?, michel grita da cozinha, eu quero ir pra são paulo de graça!, e todos riem; o apartamento tem dois quartos, júlia explica pro michel, combinaram que vai ser meio quarto de visita meio escritório, a gente vai amar se vocês forem, júlia promete

horas mais tarde, acabada a festa, ele, os pais e michel são os únicos ainda no sítio; o amigo está amarrando a mesa de madeira na carroceria da caminhonete, não era uma desculpa, era um pretexto, michel contou dando risada; o pai foi levar uma marmita pro caseiro e agora deve estar pitando um cigarro de palha com o homem; a mãe enxuga a louça e ele termina de arrumar a cozinha; gostou da surpresa, meu filho?, ela pergunta e ele diz que sim, que foi bom rever todo mundo antes de ir; a mãe balança a cabeça como se já esperasse aquela resposta enquanto enxuga a tampa de uma panela como se areasse o fundo; e ele sabe que o silêncio da mãe precede uma conversa séria e que por isso mesmo só ela pode quebrá-lo; você realmente sabe por que está indo, filho?, ela diz depois de algum tempo com os olhos na janela; ele é o caçula de três meninos e o único que ainda mora, morava, com os pais; o primeiro saiu aos dezoito pra fazer faculdade e nunca mais voltou, o segundo vive se mudando mas nunca pra cá, e agora ele, então não deve ser fácil pra uma mãe, ele pensa, e explica que faz tempo que queria tentar alguma coisa diferente no trabalho e que se sente estagnado aqui, que são paulo tem mais oportunidade, e a mãe escutando enquanto guarda a tampa e começa a enxugar os pratos, os olhos fixos na janela; eu nunca entendi por que você não quis seguir na engenharia, você amava hidráulica, não era?, ela pergunta mas não, ele não quer pensar sobre isso agora, não mesmo, então diz que vai vir sempre e que são paulo é pertinho que o ônibus é bom que a estrada é segura e promete que nesse começo vai vir um fim de semana sim outro não, mas a mãe se vira pra ele com um gesto tão brusco que ele se assusta; não é nada disso, ela interrompe o falatório melodramático e parece nem se lembrar de que um segundo atrás estava enxugando pratos; a gente cria filho pro mundo, eu sempre soube que você ia embora, sei disso desde que você era criança, sempre falei com seu pai que achava que você ia ser o primeiro, ela desembesta a falar e ele agora só escuta, sentindo que cada palavra da mãe é uma trinca que descobre em seu interior; o júnior é que eu achava que nunca ia, mas acabou que foi o primeiro, ela continua, e a trinca crescendo, rompendo com a massa, descascando a tinta; mas mãe sente coisas, meu filho, e tem alguma coisa estranha nesse jeito como você está indo; ele sente as lágrimas se infiltrando na garganta, as rachaduras subindo até os olhos; você realmente sabe por que está indo, meu filho? a júlia está indo porque arranjou um emprego novo, vai atrás de um desafio novo, conhecer uma turma nova, morar numa casa que ela escolheu, eu ouvi ela contando, a mãe diz e o filho escuta já sem estrutura nenhuma, a coluna despenca, a cabeça desaba, mas a mãe não para; a júlia sabe por que está indo, filho, ela escolheu tudo isso de que está indo atrás, você não

    eita homem bom de conversa!, o pai entra na cozinha de repente seguido pelo cheiro de fumo queimado que o acompanha sem perceber que interrompe um diálogo sério entre a esposa e o filho; a mãe volta pras louças, o filho junta as vasilhas e a tábua, vou levar pro carro, ele diz e sai, sem olhar pra nenhum dos dois nem pra si mesmo

III

pelo jeito são paulo é bem perigoso mesmo; no dia em que se mudaram tiveram que cadastrar as digitais pra poder passar por todas as barreiras de segurança do prédio; são duas entradas pra quem chega a pé, a social e a de serviço; cada uma tem dois portões de acrílico e um só abre quando o outro fecha, pode até ser seguro mas é demorado; já dentro do prédio ainda tem mais uma porta, que também é de acrílico, levando ao corredor dos elevadores; todas essas passagens são trancadas e só podem ser liberadas com a digital do morador; é o protocolo de segurança, coisas pra se acostumar, ele pensa

mas o bairro parece tranquilo; é bem agitado e um tanto barulhento principalmente nos fins de semana mas não dá a impressão de ser tão perigoso, se não for tarde da noite dá pra fazer quase tudo a pé, supermercado padaria farmácia; só precisa de coragem pra enfrentar a ladeira, ou sobe na ida ou sobe na volta; pra ir pro supermercado por exemplo desce a rua e anda três quarteirões, mas pra voltar é um teste de fôlego, porque além da subida ainda tem as sacolas; mas está se acostumando

pelo menos não está calor nestes dias, ele pensa, e um fio de suor escorre pelas costas, mas é por causa das sacolas, sempre exagera quando vai ao supermercado; levou só uma sacola de pano com a promessa de que ela limitaria o peso da volta, mas os produtos de limpeza estavam em promoção a carne moída também e comprar pacote grande das coisas sai bem mais em conta todo mundo sabe; não exagerou, só foi oportunista, tenta se convencer, precisa economizar e aproveitou as ofertas; mas a ladeira não quer saber dos seus motivos e não alivia, ele está no início da subida com a sacola de pano no ombro e um monte de sacolinhas na mão e nesse momento

ENGENHARIA

os dedos doem mais do que o bolso; que bom que pelo menos não está calor

chega bufando no prédio e para diante da entrada social, vai dar trabalho, ele pensa, e tenta levantar a mão pra liberar o primeiro portão mas o peso das sacolas o impede de alcançar o leitor de digital, então coloca as compras no chão e leva o indicador ao leitor; sente a mão até um pouco enrijecida e marcada pelas alças das sacolas; ouve o sinal sonoro da trava se abrindo e uma luzinha verde na lateral indica que a passagem está liberada, então empurra o portão com o pé e se agacha pra pegar as compras, mas com esse movimento a bolsa de pano se desloca de um jeito brusco e ele sente o ombro arder; ainda assim consegue entrar, está na gaiolinha que é como a júlia chama aquele espaço entre os dois portões; espera o primeiro se fechar às suas costas abaixa mais uma vez bota as sacolas de novo no chão e leva o indicador ao leitor de digital do segundo portão; ouve o sinal da trava, confere a luz verde, portão liberado; empurra com o pé agacha pega as sacolas e entra; o ombro está ardendo, o mindinho da mão esquerda já deve estar roxo, mas também essa quantidade de sabão em pó é desnecessária, pensa, eles são só dois

nunca morou em prédio antes, agora entende quem reclama das portarias eletrônicas; está dentro do prédio finalmente, falta só a entrada dos elevadores, e quando está diante da porta, já prestes a se agachar de novo pra deixar as compras no chão, vê que um morador do outro lado também se aproxima com a mão estendida pra liberar a passagem; ufa! que bom!, ele pensa, não vai precisar repetir a mesma sequência de exercícios pela terceira vez, o ombro ardendo a mão queimando o mindinho que já nem sente, então olha para o vizinho através da porta de acrílico e sorri aliviado abaixa a cabeça e puxa o ar, buscando o último fôlego pra chegar até o apartamento, precisa dar um jeito de decorar o nome dos vizinhos, talvez quem sabe até cozinhar alguma coisa pra eles, um bolo uma torta, pelo menos pros vizinhos do andar, tia eliane pode passar a receita

mas o tempo passa e a porta não abre, ele não ouve o sinal sonoro da trava nem vê a luz verde indicando a passagem liberada, e então levanta a cabeça e vê através da porta que o vizinho está imóvel, parado, a mão ainda no ar; o homem o encara com uma expressão assustada

não entende o que está acontecendo, será que fez algo de errado? existe outra entrada pra quem chega com compras? por que o homem não abre a porta pra ele? por um instante os dois ficam assim, frente a frente se encarando só o acrílico entre eles

então finalmente se dá conta; no reflexo do acrílico, projetada sobre a imagem do vizinho assustado, vê sua própria imagem

no colégio, foi o único da sala; na faculdade, o único da turma; no estágio, o único; na consultoria também; agora é o único naquele prédio moderninho e paranoico de um bairro rico de são paulo

com raiva, joga as compras no chão e põe o dedo no leitor; quando a porta é liberada, ele a empurra com o pé e percebe que agora o homem estampa um sorriso sem graça no rosto; é o protocolo de segurança, o vizinho diz

mais tarde, no banho, depois de guardar todas as compras e arrumar a cozinha, decide voltar a raspar a cabeça; está procurando emprego e talvez seja melhor

IV

mesmo quando o médico obrigou sua mãe a usar azeite pra refogar a cebola e o alho ela continuou botando uma colherinha de manteiga só pra dar gosto no cheiro, como ela fala; enquanto mexe a panela, ele reconhece o gostinho do cheiro e sente saudades da mãe; já não mora com os pais há mais de três anos, saiu aos vinte e quatro quando entrou na consultoria e pôde pagar o aluguel da quitinete, mas nesse um mês e três semanas em são paulo parece que qualquer detalhe bobo faz com que se lembre da mãe, hoje é o cheiro do refogado mas já foi o jeito de forrar o lençol na cama, de arrumar a gaveta de remédios, de prender as roupas no varal, a única diferença é que sua mãe não janta tão tarde; são nove da noite e ele está fazendo uma sopa de abóbora com gengibre porque deu uma esfriada nos últimos dias

finalmente terminou de arrumar a casa; hoje desceu a última caixa de papelão pra lixeira de reciclados que fica no último subsolo ao lado do depósito; a cozinha e a área de serviço estão praticamente arrumadas apesar de ter ficado tudo meio apertado nos armários, o quarto também está em ordem a não ser os sapatos, não sabe como vão fazer pra guardar tantos nesse guarda-roupa que não é grande; só o meio escritório meio quarto de visitas que ainda não deu pra organizar já que é pra lá que foi o que não coube no resto do apartamento; deu trabalho mas a sensação é boa, está começando a se sentir em casa

o ruído do elevador cruza o hall e chega à cozinha por baixo da porta; é júlia, deve estar cansada, ele pensa, foi até tarde hoje; prova o sal reforça a pimenta-do-reino e logo ouve a porta se abrir na sala; oi, bonito!, ouve júlia dizer e responde com a mesma energia enquanto pega os pratos do escorredor e ajeita na mesa, experimenta a sopa uma última vez e aprova e dali mesmo do fogão pergunta como foi o dia da namorada namorida companheira, ainda não se acostumou com a nova nomenclatura depois que passaram a morar juntos; júlia leva alguns segundos para responder, provavelmente porque está tirando os sapatos e o sutiã, a primeira coisa que faz quando chega do trabalho; tudo bem foi legal e o seu?

ansioso preocupado frustrado, segundo o seu planejamento a esta altura já deveria estar trabalhando, ele pensa; mas também que planejamento é esse? se baseou em que pra acreditar que seria rápido arranjar emprego em são paulo? fez faculdade no interior trabalhou sempre no interior todos os seus contatos estão no interior, é razoável pensar que não seria tão rápido assim, calculou mal e isso é o que mais o chateia, a meta de estar empregado em até três meses não era um plano era um chute

tudo bem foi legal e o seu? agoniado, dá vontade de responder; já é o segundo aluguel que a namorada namorida companheira paga sozinha; nos últimos dias até conseguiu avançar um pouco na busca por trabalho mas não quer falar disso agora porque parece que eles só têm esse assunto; adoraria ter um jantar tranquilo com júlia mas bonito, e o seu? ela insiste lá da sala

tudo bem por aqui, bonita, é o que sai por fim; júlia entra na cozinha de cabelo solto camisa aberta e descalça, que bom, ela diz, esticando o pescoço em busca de um selinho sem nem perceber que avança sobre a surpresa que ele preparou, mesa posta pratos fundos uma vela pra acender, a cor da abóbora reluzente e um fio de azeite igual nos programas de tv; o gosto do cheiro está uma delícia, pensa, e diz sorrindo chegou na hora!

ai meu deus você é tão fofo!, o bico armado as sobrancelhas curvadas a mão no peito; mesmo depois de um dia longo de batente ela é linda, ele se derrete; gente tem até vela!, ela diz, radiante; é o mínimo que ele pode fazer já que ela é a provedora, ele diz pra si mesmo, então que encontre a casa arrumada com jantar preparado quando chega do trabalho; mas eu já comi, bonito, lembra que eu te falei da alice? alice, planejamento, gaúcha, sim, ele se lembra, então ela me convidou pra jantar depois de uma reunião supertensa que a gente teve com o principal cliente da minha carteira, a gente foi em um japonês perto do trabalho, desculpa desculpa, foi tão difícil a reunião está tão difícil esse começo precisava tanto conversar com alguém e o papo fluiu muito com a alice por isso esqueci de te mandar mensagem avisando que ia jantar fora; você não quer nem provar?, ele insiste; estou cheia, bonito

então ele se serve de sopa e do que mais está à mesa, insegurança frustração ou talvez só a distância normal entre duas pessoas com rotinas totalmente diferentes, ele pondera, quando começar a trabalhar isso acaba; então se senta pra comer enquanto júlia permanece de pé contando sobre a noite; mas uma duas três colheradas seja lá do que tenha se servido e o gosto é ruim; é tipo masterchef o restaurante?, ele pergunta, pra engolir o sabor insosso e júlia conta da entrada maçaricada deliciosa e da espécie de peixe defumado que nunca tinha provado e que é fantástico, e ele se lembra que desde que chegaram em são paulo nunca mais atualizaram a lista de classificação de restaurantes no bloco de notas do celular

pouco depois, já na cama janela fechada luzes apagadas, os dois mexem no celular e júlia pergunta conseguiu alguma coisa, bonito? e a pergunta soa tão ensaiada que ele percebe que devia estar guardada faz tempo, mas pra não constranger ninguém ele tenta fingir casualidade na resposta e conta que encontrou uma vaga interessante em uma consultoria de estatística, uma empresa grande e estável que existe há uns vinte anos, especializada em pesquisa de mercado, ele fala, como se fossem características que ele realmente está buscando; diz que já se inscreveu, hoje mesmo aliás, e que a primeira fase é análise de currículo e o dele é consistente apesar de a sua principal experiência ser em uma empresa de porte bem menor mas que o resultado não costuma demorar não, pelo que leu nos comentários leva de duas a três semanas, e caso seja aprovado vai pras entrevistas; a empresa, ele continua, sem entender por que está dando tantos detalhes tão inúteis pra júlia, pôs todo o processo no site e ele acha isso bom, passa credibilidade pros candidatos, tem tanto lugar aí que abre vaga e depois desaparece; será que é pra mostrar que sim, andou pesquisando? que sim, está procurando? que sim, se inscreve em toda vaga que abre? não consegue entender, júlia nunca cobrou nada disso; dei uma boa pesquisada, ele conclui, os dois no escuro, deitados de costas um pro outro, a tela iluminando o que eles já não mostram: os olhares francos, as reações involuntárias; que bom, bonito, ela diz, vai dar certo

vamos ver, ele responde mas não gosta do tom condescendente que ela passou a usar faz uma ou duas semanas

todos os e-mails respondidos todas as notificações checadas todos os stories vistos, então bloqueia o celular e o deixa na mesinha de cabeceira, aos poucos os olhos vão cedendo à escuridão; e então se lembra dos primeiros dias de faculdade, das primeiras aulas de engenharia hidráulica, o único professor como ele que teve na vida, a demonstração do processo de decantação, as impurezas sólidas separadas do líquido

pela ação da gravidade; é o que sua mente faz agora em silêncio, no escuro, sem o exagero de estímulos das redes sociais
   conversei por mensagem com um colega da faculdade, ele conta, agora sem entender por que sem querer mudou o tom de voz; não está mais fingindo casualidade, pelo contrário, parece que está contando um segredo; marcelo, o nome desse colega, trabalha em uma construtora aqui e tem uma vaga aberta pra engenheiro, engenheiro-supervisor, na verdade, o salário é um pouco mais baixo que na consultoria, mas ele falou que todo mundo cresce rápido lá, que o momento é bom e que se me indicar já corta meio caminho do processo seletivo
   então a luz que vinha do celular de júlia também se apaga e com um movimento gentil ela se vira e pousa a mão no peito dele; acho que você tinha que tentar, bonito, ela sussurra
   sem pensar, ele segura a mão dela com força; é como se um fantasma tivesse entrado no quarto naquele momento

v

o que não faz sentido agora uma hora vai fazer, a mãe falou, mas ela não entende
ao entrar no ônibus de volta para são paulo uma vontade de chorar o inunda não quer olhar pra trás porque sabe que os olhos da mãe o acompanham ela não entende tudo isso que está passando faz sentido é o se nada der certo você tem pra onde voltar pois bem nada deu certo e ele está voltando
o ônibus está vazio como era de esperar no meio da semana sua poltrona é a trinta e oito a mãe segue seus passos pela janela e ele sabe que ela não vai deixar que ele volte pra casa pelo menos não assim o que não faz sentido agora uma hora

vai fazer ela falou duas vezes quando eles se despediram trinta e seis trinta e sete ele joga a mochila e a bolsa térmica na trinta e nove e deixa o corpo cair na trinta e oito como se despencasse de um precipício

na segunda à noite júlia entrou em casa chorando não tirou os sapatos nem o sutiã disse que precisavam conversar e falou que a vida tinha mudado muito que ela tinha mudado muito que a rotina que o apartamento que a ideia de morarem juntos que talvez não fosse a hora que está tudo tão estranho que gostava do que eles tinham antes mas que o trânsito que a cidade que o trabalho que ela sente que não está mais presente que ele merece alguém mais carinhoso mais atencioso que ela que ele que nós que não é mais a mesma coisa e que pensou muito que desde que chegaram que ela precisa de espaço que ele precisa se resolver por que ele não se abre por que não falou nada? que ela também errou que ela tentou que gosta dele mas que são momentos diferentes que estão distantes que não quer mais

combinaram que ela iria para a casa de uma amiga do trabalho por duas semanas e que depois pode deixar ele falou pra que ela não precisasse dizer então ela enfiou algumas roupas em uma mala de mão os sapatos em uma sacola de pano e disse chorando que qualquer coisa eu passo aqui também não é que a gente não precisa se ver nunca mais mas por algum motivo dessas coisas que a gente sente antes de saber naquele momento teve certeza de que nunca mais se veriam e então se abraçaram uma última vez antes de ela sair e ele disse eu te amo por não ter coragem de dizer adeus

na terça de manhã a cara inchada os olhos fundos subiu a ladeira com algumas caixas de papelão vazias que foi pedir no supermercado e sem pensar muito encaixotou tudo que era só dele naquele apartamento fechou bem com fita e deixou o espólio sentimental no depósito da garagem ainda tinha o telefone do carreto que trouxe a mudança pra são paulo mais tarde liga pra combinar de ele buscar mas depois porque naquele momento só queria ir pra casa com a certeza de que não tinha mais nada pra fazer naquele lugar

também não dormiu nas duas horas e meia de ônibus até sua cidade ficou revirando as lembranças dos últimos meses como se quisesse identificar os sinais que de alguma forma não percebeu vasculhou a memória desde o dia do alecrim quando júlia chamou ele pra se mudar será que já dava pra saber? será que já dava pra ver que tudo ia desmoronar? será que já tinha um canto mofado uma trinca na parede uma bolha na pintura? nada desaba assim sem indícios e ele não entende como não conseguiu ver

apesar de que se for bem honesto o assunto passou algumas vezes pela sua cabeça no último mês tudo estava meio estranho meio frio a lista de restaurantes no celular as conversas cada vez mais mornas mas como deixou que tudo desmoronasse? talvez não precisasse ser assim

mas foi e agora dentro do táxi indo da rodoviária pra casa dos pais concluiu que a realidade é que não foi capaz de manter seu relacionamento não foi capaz de arranjar um emprego e estava voltando pra casa dos pais com o rabo entre as pernas e quando desceu do carro na porta de casa estava soterrado

a madrinha adivinhou quando disse que qualquer coisa se nada der certo você tem pra onde voltar mas esqueceu de falar que qualquer coisa se nada der certo e você estiver bem humilhado tem pra onde voltar porque é assim que ele se sente agora tinha vergonha até dos postes de luz da rua da casa onde cresceu abriu a porta e deu de cara com a mãe e não foi preciso explicar o que tinha acontecido ela entendeu na hora e talvez até já previsse esse desfecho mas não comentou nada a respeito também não fez perguntas tampouco manifestou qualquer opinião só abraçou o filho e pediu que fosse tomar um banho quente quando saiu encontrou a cama do seu quarto antigo arrumada e a janta preparada o pai estava na sala e logo procurou o filho para um abraço deve ter sido avisado pela mãe enquanto ele estava no banheiro

não conversaram muito na cozinha não conseguiu contar mais que a cronologia dos fatos intercalada por uma ou outra especulação e os pais também não fizeram pergunta queriam só ter certeza de que o filho se alimentasse bem e que fosse dormir

dormiu um sono pesado sem sonhos ou pesadelos e quando acordou levou alguns segundos pra entender que estava no quarto que foi seu por vinte e quatro anos então sentou na cama e repassou as últimas quarenta e oito horas e sentiu vontade de escrever uma mensagem pra júlia e dizer que aquilo tudo era uma grande sacanagem e que não foi ideia dele pedir demissão do emprego que tinha que não foi ideia dele entregar a quitinete e mudar de cidade e deixar tudo pra trás que não queria simplesmente terminar as coisas assim sem mais nem menos e que agora foi obrigado a voltar pra casa dos pais com o rabo entre as pernas e tudo aquilo era muito errado chegou a procurar o nome dela no whatsapp mas a mãe abriu a porta de repente e disse acorda filho seu ônibus é daqui a pouco e eu e seu pai vamos te levar na rodoviária

e daí em diante não decidiu mais nada sua mãe estava na cozinha e trabalhava a todo vapor várias panelas no fogão uma dezena de tupperwares na pia e uma bolsa térmica grande organizada pra viagem o pai tinha ido à rodoviária comprar uma passagem de ida pra são paulo e devia estar chegando até tentou protestar mas a mãe não deu a menor chance e disse que o filho dela ia voltar pra são paulo e ficar em um apart-hotel enquanto procurava um apartamento definitivo e que ele ia passar na entrevista que faltava na construtora e quando ele tentou contestar a mãe disse a vida não te tirou daqui pra você voltar desse jeito o dia que você quiser voltar pra casa vai ser pelos motivos certos

horas mais tarde, ainda no ônibus, o celular vibra no bolso; é uma mensagem do michel, a mãe deve ter pedido pro amigo falar com ele; fica contente, mas decide não responder no momento

reflete sobre a frase da mãe: o que não faz sentido agora uma hora vai fazer

fecha o whatsapp, abre o google e procura um apart-hotel em são paulo

VI

o aviso sonoro indica que chegou ao décimo primeiro andar. durante toda a subida, encarou a própria imagem no espelho do elevador. dá pra mudar alguma coisa?, pensou; usa uma calça de sarja clara, nova, uma camisa jeans escura, bem passada e pra dentro; tem no pescoço um crachá verde com os dizeres engenheiro-supervisor embaixo do nome; e o capacete branco, agora companhia inseparável, embaixo do braço. não tem dúvida de que, pelo menos dos que vão a campo, é o engenheiro mais bem-vestido da empresa. mas parece que, mesmo assim, não é o suficiente.

sua função é visitar as obras e fiscalizar as equipes de operação. faz parte dos seus deveres inspecionar o andamento da construção para garantir que as especificações e diretrizes definidas pelos engenheiros-projetistas sejam aplicadas corretamente. aprendeu que é comum, por exemplo, empreiteiros comprarem peças mais baratas que as indicadas no projeto, o que compromete todo o planejamento da obra. por isso, além da inspeção, a construtora determina que os engenheiros-supervisores façam um relatório completo da visita, incluindo a lista de checagem específica pra cada área e até entrevistas com o pessoal da operação. é um desses relatórios que ainda precisa fazer antes de encerrar essa semana que parece não ter fim.

    sai do elevador ainda pensando na última obra que visitou: um canteiro em um estágio avançado da construção; no futuro, um condomínio de duas torres na pompeia. é uma obra considerada de médio porte pela construtora mas que pra ele, com pouca experiência, parece faraônica. foi destacado pra fiscalizar a implementação do projeto elétrico na torre b. assim que entrou no canteiro, reavaliou a planta (já tinha estudado o material no escritório) e iniciou a inspeção seguindo a lista pelo tablet da empresa que tinha nas mãos. também era dia de visita dos proprietários das unidades já vendidas da torre a, percebeu ao cruzar com um corretor — calça, camisa e sapato social, completamente inadequados a um canteiro de obras, além da pasta com o logo da imobiliária que intermediou a negociação e o capacete amarelo de visitante.

    já trabalhava há pouco mais de meia hora quando ouviu de repente será que você podia pedir pros seus peões desligarem essa música? foi uma fala ríspida, mais uma bronca que um pedido. concentrado na checagem, não entendeu a quem ela tinha sido dirigida e tampouco quem a emitiu; apenas estranhou mas seguiu seu trabalho. até que escutou ô, mestre de obra! dá um jeito nesses peões, pô! estou mostrando o apartamento pros proprietários! o tom era ainda mais imperativo e o volume da voz estava ainda mais alto, o que fez com que se virasse na direção de quem falava. foi só aí que notou a presença do corretor a poucos metros de distância. levou ainda alguns segundos para compreender que era ele o alvo da bronca.

    ficou alguns segundos sem reação se perguntando o que estava acontecendo. seu semblante confuso deve ter irritado ainda mais o corretor, que se aproximou com passos pesados até os dois ficarem frente a frente — e foi aí que a situação se reverteu. ele acompanhou os olhos do corretor baixarem até o crachá verde que usava e notou os movimentos mínimos da boca do homem enquanto lia: en-ge-nhei-ro-su-per-vi-sor. os olhos do homem tornaram a subir até encontrar o capacete branco.

    o corretor conteve a agressividade imediatamente. não ousou mais levantar a cabeça. gaguejou qualquer coisa incompreensível e se afastou com passos mais leves até deixar o cômodo. a música que vinha provavelmente de algum celular de um dos pedreiros na torre b seguiu no mesmo volume. sozinho, ele levou a mão ao crachá e permaneceu assim, sem conseguir acreditar, sem saber como reagir.

    tirou a botina logo que fechou a porta do apartamento. o alívio esbaforido do gesto fez com que se lembrasse de júlia. nunca mais se viram desde aquele adeus fantasiado de eu te amo. nem sabe dizer se sente saudades. se falaram apenas duas vezes nesses dois meses: a primeira quando ela precisou pegar algumas coisas durante o período de duas semanas estabelecido — e cumprido — que ele tinha pra se mudar, e a segunda quando ele avisou que precisaria entrar no prédio pra pegar as caixas no depósito. nas duas ocasiões, júlia se mostrou aberta a conversar, mas ele não quis. depois disso, nunca mais.

já as caixas, por outro lado, vê todos os dias. estão na sala, no mesmo lugar onde as deixou quando trouxe para o apartamento novo. faz duas semanas que se mudou depois de um mês morando em um apart-hotel e ainda não conseguiu arrumar tudo. por sorte encontrou um apartamento já mobiliado, então não tem muito a ser arrumado além do que está nas caixas.

arremessa a calça e a camisa no que a foto do site da imobiliária chamava de área de serviço mas que na prática é só um tanque colado na cozinha. já o capacete e o crachá são pendurados em uma das quinas do armário da sala. senta na mesa de jantar e tira o computador da mochila. precisa escrever o relatório.

no fundo, sabe bem o que aconteceu na obra da pompeia: a mesma situação que se repete quase sempre que pisa em uma obra desde que foi a campo pela primeira vez, ainda estagiário. na ocasião foi confundido com um pedreiro, e o que o constrangeu não foi terem achado que ele era um operário, mas o fato de a cena ter arrancado gargalhadas da turma de colegas que jamais serão confundidos com quem logo se acostumaram a chamar de peões. agora, anos depois, com menos de um mês no cargo de engenheiro-supervisor, já presumiram duas vezes que ele era o mestre de obras.

no fundo, sabe que foi por isso que se enfiou na consultoria de estatística: porque passava horas metido em uma sala e seu trabalho era entregar números, e números não têm cor. estava seguro assim; não consegue entender por que a vida o jogou de novo no universo da engenharia se o mundo insiste em dizer que alguém como ele não pode ser engenheiro.

ENGENHARIA

nesse primeiro mês também ocorreram outras duas situações ainda piores. logo na segunda semana de trabalho, ao visitar uma obra no sumaré, notou que uma escavação não estava sendo feita do modo correto. sabendo que isso colocaria em risco o sistema de esgoto do prédio inteiro, apontou o erro pro mestre de obra e foi pego de surpresa com a resposta: quem é você pra me ensinar a fazer meu trabalho? depois de alguns segundos, respondeu: o engenheiro-supervisor. mas não adiantou: foi preciso que o engenheiro responsável pelo projeto fosse ao canteiro fazer com que o mestre de obras corrigisse a profundidade da escavação.

já de frente para o computador, busca na rede da empresa o documento que serve como modelo para os relatórios. precisa se acostumar aos padrões utilizados e não pode cometer nenhum erro. ainda mais depois do que aconteceu no início desta semana.

na segunda-feira, depois do almoço, voltou de uma vistoria da parte hidráulica de uma construção comercial em pinheiros. não havia nada de errado com a equipe operacional nem com a forma como as instruções do projeto estavam sendo aplicadas, mas percebeu que talvez houvesse um problema no dimensionamento da tubulação de líquidos. refez os cálculos três vezes pra ter certeza. foi um momento gostoso; pela primeira vez em anos se sentiu realizado: trabalhar com hidráulica em um projeto daquele porte era o seu sonho na época da faculdade. ao chegar no escritório, procurou o engenheiro-projetista responsável pela obra e, com muito respeito, perguntou se a espessura da tubulação não precisava ser um pouco maior. foi o suficiente para o homem surtar. onde já se viu um supervisorzinho questionar o projeto de um engenheiro? tem que ser muito abusado!, ele berrou na frente de todos. não satisfeito, horas mais tarde o projetista ainda pediu sua cabeça. o rh precisou intervir. ele não foi demitido, tampouco o homem. ficou apenas combinado que não trabalhariam mais nas mesmas obras.

diante da tela do computador, respira fundo. precisa se concentrar pra encerrar de vez esta semana — e nada disso em que está pensando vai entrar no relatório.

VII

Vai ser um vexame se ninguém aparecer, ele pensa. Reservaram a maior sala de reunião do escritório, com espaço para trinta e cinco pessoas. Tem até um púlpito se quiserem usar. Ele olha o relógio que fica acima da TV; faltam sete minutos para começar e só duas pessoas chegaram até agora.

Cibele está tentando conectar o computador à TV. Não aceitou a ajuda dele, diz que é culpa do cabo que vive dando mau contato. Constroem uma sala de reunião dessa e economizam no cabo, nunca vi, ela reclama. Tenta parecer concentrada na tarefa, mas ele sabe que a amiga está nervosa; nunca a viu tão calada. Desde que se conheceram, há seis meses, ela é a principal condutora das conversas: é quem provoca discussões, quem aponta pra onde devem olhar. Um cabo com mau contato jamais a deixaria calada. Ela está nervosa, isso sim, e não existe nada que ele possa fazer pra acalmá-la porque também está.

Prepararam a apresentação ao longo das últimas duas semanas. Antes disso, discutiram durante mais de três meses os valores, objetivos e meios de atuação do grupo dentro da construtora. Ele ficou responsável por buscar referências semelhantes em outras construtoras e empresas de engenharia de fora; ela investigou com conhecidos se as companhias concorrentes possuíam algo do tipo. Além disso, também se debruçaram, por noites a fio, sobre quais seriam as primeiras atividades a serem realizadas. Também fizeram reuniões com o RH e o departamento jurídico pra se certificarem de que não estariam invadindo o terreno de ninguém. Desde que a ideia surgiu, seguiam assim: avançavam sempre de forma cuidadosa, mas ágil.

Depois de todo esse trabalho ter sido feito nas horas extras, paralelo às funções do dia a dia, não merecem encarar essa sala tão vazia.

O barulho da maçaneta é um sinal de esperança. Ele e Cibele erguem a cabeça e veem a porta se abrir devagar. Será que vão chegar todos de uma vez?, ele torce, por que não entraram antes? Então, pela fresta que se abre, surge um funcionário. Cibele o recebe com um sorriso largo, pronta pra dar boas-vindas, mas o homem pede desculpas, diz que entrou na sala errada e sai.

O relógio acima da TV parece bufar a cada movimento dos ponteiros. Faltam seis minutos para as sete horas. Não deviam ter marcado tão tarde, pondera. Talvez se tivessem esperado mais duas ou três semanas arranjariam um horário melhor. O relógio bufa ainda mais impaciente; faltam cinco minutos. Conseguiu?, ele pergunta; no jeito, ela responde. Os dois finalmente se olham. Estão tão angustiados quanto naquela primeira vez que se viram na empresa.

Ele estava pegando um café quando ela entrou na copa. Impossível não se notarem. No colégio, foi o único da sala; na faculdade, o único da turma; no estágio, na consultoria, no prédio moderninho e paranoico, também; que bom descobrir que não é mais o único na construtora. Cibele deve ter pensado o mesmo porque, assim que o viu, acenou com um olhar apertado, mas muito vivo.

    Ele se sentou em uma das mesinhas próximas da janela e ela perguntou se estava esperando alguém. Cibele parecia carregar um fardo de cinquenta quilos de cimento nas costas — e talvez justamente por isso ele tenha se familiarizado com ela. Ofereceu uma cadeira estendendo a mão. É engenheiro também?, ela perguntou ao se sentar e ele sorriu — até então, ninguém tinha presumido que ele fosse engenheiro, nem mesmo dentro de uma obra. Apresentaram-se e descobriram que ambos eram supervisores. Ela soltou um assobio longo ao descobrir que ele estava na empresa havia seis meses. Não sei como vou fazer pra aguentar chegar aí, ela disse. Era fácil adivinhar os motivos para Cibele falar aquilo, mas mesmo assim ele perguntou. A colega tomou dois goles de café antes de responder. Ele também levou a xícara à boca, mesmo sem ter mais o que beber, só para não constranger o silêncio deixado por ela.

    Cibele o encarou com retidão, mas também com uma cumplicidade que poucas vezes ele havia sentido antes, então contou que já tinha passado por tantas barbaridades naquela empresa em duas semanas que seis meses pareciam um século. Parece que esse mundo grita que alguém como eu não pode ser uma engenheira, descarregou. Ele se reconheceu no desabafo e o papo engrenou. A conversa levou quarenta minutos e alguns quilos de cimento embora.

    Combinaram de tomar café uma vez por semana para compartilhar as situações que viviam ali. A frequência dos encontros dobrou em menos de um mês. Só a gente se entende, ela afirmou uma tarde, e ele concordava. Pouco a pouco foram ganhando intimidade e confiando cada vez mais na acolhida um do outro.

Não demorou pra confidenciar a Cibele que vinha preparando um documento há meses: uma lista de situações constrangedoras e até mesmo agressivas que enfrentava desde a admissão. Era tudo que queria registrar nos relatórios mas deixava de fora. Decidiu começar no dia em que seu chefe elogiou justamente um desses relatórios. Nunca dá problema nas obras que você supervisiona, o homem falou, já sem se lembrar da situação do dimensionamento da tubulação; você é um bom gestor, concluiu, dando batidinhas com a tampa da caneta na bochecha. Apesar do elogio, ele se sentiu um idiota. Suas obras nunca dão problema porque ele absorve todas as pancadas, e a reverberação dos impactos atinge outros cantos da sua vida — passa meses sem ver os pais, começou a sentir sintomas de gastrite, tem tido problemas pra dormir; mas de fato nunca deixa os problemas chegarem aonde deviam: aos superiores. Sentiu-se um idiota porque era a empresa que deveria lhe dar resguardo, não o contrário. Naquela noite, assim que chegou em casa, anotou tudo o que já tinha vivenciado no trabalho e decidiu que entregaria aquela lista no dia em que pedisse demissão.

Quando mostrou o documento pra Cibele, percebeu que já estava tão habituado aos padrões de diagramação usados pelos funcionários que aquilo parecia uma espécie de relatório oficial de microagressões praticadas na empresa. Achou graça ao se dar conta, mas a amiga não riu; estava atordoada.

Depois que terminou de ler, Cibele se levantou devagar e se afastou. Pegou mais uma xícara de café e despejou, devagar, o pacotinho de açúcar dentro dela. Não voltou mais para a mesa onde antes conversavam; foi até a janela e passou alguns minutos com os olhos sobrevoando a cidade. Ele respeitou o silêncio; fechou o documento e baixou a tela do computador; em seguida, também se levantou pra pegar outro café.

Ao voltar pra mesa, Cibele foi direta: o que a gente vai fazer? Ela o encarava com olhos ferozes e, diante da ausência de respostas, continuou: porque eu não vou pedir pra sair. Por acaso você sabe o quanto minha família ralou pra eu conseguir estudar?, ela perguntou; não, não vou desistir como se eu fosse a errada; sou a primeira pessoa da minha família a ter um diploma, que dirá uma especialização; de jeito nenhum! Não vou aceitar isso sem fazer nada; meus antepassados, os nossos antepassados!, construíram este país na marra e numa situação muito pior que a nossa; se hoje eu sou engenheira e estou numa das maiores construtoras do país é porque eles foram a pedra angular desse projeto! Além de André Rebouças, Teodoro Sampaio, Enedina Alves Marques — se você nunca ouviu falar neles, pesquisa! Mas eu vou honrar essa história!

Cibele tornou a se levantar e a olhar pela janela. Fechou os olhos e respirou fundo, só depois voltou pra mesa. E aí, o que que a gente vai fazer?, insistiu.

Pela primeira vez ele se sentiu desconfortável diante da amiga. Respondeu que não via a hora de se tornar engenheiro-projetista especializado em hidráulica e, com esse título no currículo, partir em busca de outro emprego.

Ao ouvir o plano, Cibele o encarou do jeito que só ela fazia: firme, cúmplice e sem complacência. Negou o que ouviu com um gesto tão amplo da cabeça que ele se sentiu ofendido. Esse era o plano dele, pensou, ela não tinha o direito de rechaçar nada. E como se Cibele ouvisse seus pensamentos, falou: "Esse plano pode até ser uma solução pra você, mas não é uma solução pra nós".

ENGENHARIA

A porta da sala de reunião torna a se abrir e a gerente de RH entra. A mulher se aproxima dos dois com o mesmo sorriso dormente de sempre; diz que veio dar um suporte. O que estão fazendo é tão necessário, ela afirma. Cibele e ele trocam um olhar; pode apostar que a amiga está pensando "É necessário porque quem devia estar fazendo isso era você, e você não está, meu bem". A mulher do RH continua dizendo que se precisarem de qualquer coisa podem contar com ela. Enquanto ele responde que é ótimo saber disso, lembra que na situação com o engenheiro que surtou com ele, essa mesma mulher considerou que foi tudo apenas uma questão de tom e que uma conversa bastava para resolver a desavença. O relógio da sala bufa outra vez: dois minutos para começar. A gerente de RH vai se sentar; com ela, contam-se apenas seis pessoas na sala.

Os casos não cessaram com o passar dos meses. Sua mãe é a única além de Cibele com quem ele fala sobre o assunto. Liga pra ela todo sábado; pede notícias da avó, da madrinha, da tia Eliane; por sua vez, a mãe insiste em saber como vão as coisas no trabalho. Então ele conta da coordenadora que nunca o convida pras reuniões dos engenheiros, do projetista que vive lhe dando ordens, mesmo sabendo que não fazem parte das suas funções, das infinitas vezes em que não se dirigem a ele nas reuniões. Ao fim do relato, sempre se repete as mesmas perguntas: por que está passando por aquelas situações? Que sentido aquilo tudo pode ter?

A mãe acolhe as dores do filho e legitima todos os seus protestos. Mas antes de desligar repete: o que não faz sentido agora uma hora vai fazer.

Cibele parece entender que sentido é esse. No café seguinte àquele em que ele lhe apresentou a lista de agressões, ela insistiu que não era à toa que os dois estavam ali e pediu que ele pensasse bem: em relação ao mercado, ambos ocupam uma posição de poder, mesmo que dentro da companhia sejam apenas supervisores. Ambos são engenheiros em uma das maiores construtoras do país, e isso significa que qualquer mudança mínima que conseguirem emplacar ali pode cascatear pra toda a cadeia.

Então começaram a discutir ideias. E, se além das cores, os capacetes também tivessem a função escrita neles? Capacete branco — Engenheiro. E se existisse um canal para denúncias anônimas? Com investigação terceirizada, para garantir a segurança da vítima? E se criassem um grupo de funcionários? Para se proteger, para reivindicar; precisam se aquilombar, Cibele argumentou. Não demorou para nascer a ideia do grupo de afinidade.

Só quando terminam de contar essa história percebem que a sala está quase cheia. Mais de vinte e cinco pessoas apareceram na primeira reunião do grupo de afinidade para funcionários negros da construtora. O relógio acima da TV já não bufa. Ele olha pra Cibele e percebe que a amiga sorri pra ele, orgulhosa. Usaram os fardos de cimento que carregavam nas costas para seguir pavimentando o caminho.

Às sete e quarenta e oito, depois de Cibele explicar os valores e objetivos do grupo, chegam ao fim da apresentação. Antes de encerrar, perguntam se alguém tem alguma sugestão. Mais da metade das pessoas levanta a mão imediatamente.

VIII

"Um ano e meio já?", o chefe pergunta. "Isso", responde, mas logo se corrige. Para ser mais exato, diz que completou um ano e cinco meses na última segunda-feira. Gostaria de dizer que parecia já ter se passado uma eternidade desde que começara na empresa, mas nota que o chefe está sério. "Você foi indicação do Marcelo, não foi?", ele continua, como se buscasse uma brecha para entrar no assunto que de fato interessava. "Foi sim", confirma, "estudamos juntos na faculdade." Logo em seguida complementa que, apesar disso, se falaram pouco no trabalho, já que Marcelo foi transferido para Recife semanas depois de ele ter entrado. "O Marcelo é bom", o chefe diz, dando a impressão de que pretendia mais encerrar o assunto que elogiar o ex-funcionário. "Bacana, bacana", o homem conclui, aéreo.

Não sabia o que esperar da reunião marcada de última hora. Já estava na sala do chefe fazia quinze minutos e até o momento o homem tangenciava sobre o real motivo daquela conversa.

"Olha, eu vou ser direto com você", o chefe enfim anunciou depois de não ser direto durante todo esse tempo. "É o último mês do Lúcio, você deve estar sabendo."

Todos na empresa sabiam. O projetista não fazia questão alguma de esconder o quanto estava insatisfeito com o salário. "Mais de trinta anos de prancheta!", era o argumento que repetia para quem quisesse ouvir.

"Vou abrir uma vaga de projetista. Hidráulica", o chefe continuou.

Seu coração gelou de repente. Ele se lembrou dos primeiros dias de faculdade, das primeiras aulas de engenharia hidráulica, do único professor como ele que teve na vida; entendeu finalmente que as impurezas sólidas eram depuradas não pela ação da gravidade, mas pela ação do tempo.

O chefe seguiu: é parte da cultura da empresa investir em quem já é da casa e que seu nome foi unânime na reunião da diretoria.

"Se quiser, a vaga é sua. O que me diz?"

IX

A mãe está tendo uma crise de riso e precisou sair da mesa pra pegar um copo d'água. O pai, no entanto, não consegue esconder a perplexidade.

"Mas engenharia hidráulica não era o que você queria?", ele pergunta.

"Sim, pai", responde.

"Então por que você recusou a promoção?", o pai está muito sério.

Explica mais uma vez que não recusou a promoção, apenas o cargo. Está sendo promovido, mas conseguiu convencer a empresa de que os engenheiros-supervisores precisam de um coordenador.

"É um trabalho fundamental pra qualidade final da obra", justifica. Bebe um gole de café e continua: "E é a porta de entrada pra muitas pessoas na profissão. Eu posso ajudar a preparar melhor os engenheiros iniciantes".

A mãe volta pra mesa com os olhos lacrimejados de tanto rir, o que parece deixar o pai ainda mais confuso. O filho continua: "Pai, como coordenador dos supervisores, eu posso implementar novos processos, colocar em prática algumas ideias de gestão que surgiram no grupo de afinidade, quem sabe até criar vagas afirmativas".

Dessa vez é o pai que se levanta e vai buscar um copo d'água. Mãe e filho se olham e ele ainda não entende do que ela ri tanto.

"Faz sentido pra você, filho?", o pai pergunta quando volta.

"Sim, pai, faz todo o sentido pra mim", responde, confirmando a certeza com um sorriso.

O pai lhe dá dois tapinhas no ombro e o parabeniza; em seguida, sobe para a sala. Vai precisar de um tempo pra processar, ele sabe.

Torna a ficar a sós com a mãe. Ela repete:

"Faz sentido pra você, meu filho?", com o sorriso ainda contornando os lábios.

Então ele finalmente se dá conta.

Ossos no quintal

I

"Parece ser a avó das outras casas da rua", é o primeiro pensamento que Larissa registra no gravador ao se aproximar do casarão. Uau, ela também pensa, mas não registra. O desprezo que sente por aquele trabalho não lhe permite admirar, ou ao menos registrar admiração, por nada que ele ofereça. Fora da faixa, espera dois carros e uma moto passarem e atravessa a rua. Não se dá conta de que no meio da via diminui o passo, como se a mansão controlasse o tempo no entorno. Também não levanta a cabeça ao contemplar a fachada, apesar de erguer os olhos, como se o imóvel tão antigo exigisse respeito. "Ou talvez a bisavó", Larissa complementa, já na calçada que contorna a casa. Não se reconheceria se prestasse atenção à forma lenta como caminha enquanto observa a frente do casarão pelas grades que o circundam. Majestoso, altivo. Soberbo? Tem dúvida sobre qual adjetivo vai usar para descrevê-lo na matéria.

Toca o interfone e tira da bolsa caderno e lapiseira. Escreve: data da construção/data de reformas consideráveis. Faz anotações rápidas sobre o que é possível ver do lado de fora: a mansão tem o formato de um L deitado e dois andares; na parte de cima, há um alpendre que se estende por todo o comprimento da perna mais longa do L, aonde se chega por uma escadaria de pedra amparada por dois corrimões de ferro adornado, que acha bem bonitos — mas isso ela não anota. As paredes são de um tom de terracota claro e as molduras das janelas estão pintadas de azul anil; as janelas, por sua vez, são brancas, algumas com vidro emoldurado, modelo guilhotina, e outras com duas folhas, no estilo colonial. O segundo andar parece ter o pé-direito mais alto que o primeiro; além disso, a porta de entrada no alpendre é de madeira entalhada e possui uma bandeira de vidro jateado em cima, enquanto na parte de baixo todas as portas são mais simples, feitas com ripas de madeira verticais. No espaço entre as duas pernas do L, há um jardim amplo e bem cuidado, com palmeiras, arbustos de primavera e muitas outras espécies de flores que não sabe nomear, além de um caminho de pedras que liga a escadaria ao portão onde está agora. Enquanto aguarda ser atendida, pensa que já podia ir tirando algumas fotos, assim poupa tempo na saída. Percebe que dois homens uniformizados, camiseta e boné verdes, entram por um portão menor, à direita, carregando um vaso de barro enorme. Talvez seja melhor entrar por ali, considera, mas então o ruído do interfone chama sua atenção. "Pode entrar", uma voz metalizada ordena. Larissa ajeita uma última vez o lenço aramado que prende as tranças e empurra o portão.

É recebida pela própria sra. Elmira Campos Monteiro no alto da escadaria. Larissa logo observa a elegância da anfitriã: vestido de tweed azul-marinho, modelagem levemente acinturada, sem gola e com mangas sete oitavos. Nota que está maquiada e que os cabelos castanhos estão presos em um coque baixo. Chique, esbelta. Nobre? Larissa repara no conjunto de joias: brincos pequenos, um colar com pingente e alguns anéis, tudo muito discreto, mas de valor nítido. Enquanto é conduzida pela porta de madeira entalhada, Larissa pensa que deveria ter vindo mais arrumada para a entrevista. Aquela calça jeans a acompanha em quase todas as tarefas desde que entrou no emprego. A regata de gola alta canelada preta, que ganhou da irmã no Natal anterior, é uma peça curinga em um lugar como São Paulo: prática para o dia a dia e combina com qualquer coisa sobreposta quando o tempo esfria. Mas definitivamente não condiz com aquele ambiente.

Elmira indica com um gesto ameno que devem se sentar a uma mesa pequena, ideal para duas pessoas, que já está posta: bule, biscoitos finos e um potinho de porcelana para o açúcar. Com um sorriso que parece ter se tornado natural após décadas de prática, agradece a gentileza de Larissa por ter ido até lá e lhe serve uma xícara de chá. "Essas matérias jornalísticas ajudam muito a nossa causa", afirma.

Matérias. Para Larissa, aquilo não é uma matéria e o que faz sequer pode ser considerado jornalismo. Trabalha com assessoria de imprensa desde que se formou, nove anos antes. Não por opção: o sonho de ser jornalista investigativa, de passar meses escavando uma história capaz de mudar o mundo, esfarelou-se diante da crise da profissão. O que ela faz é escrever o que o cliente deseja — e a isso se dá o nome de publicidade.

A anfitriã recomenda que a jornalista experimente os biscoitos. "Amanteigados. Uma delícia." Elmira é tão gentil e delicada (espontânea?) que Larissa quase se esquece de ligar o gravador. Com o consentimento da interlocutora, apoia o aparelho no potinho de porcelana entre as duas, pressiona REC e diz: "4 de outubro de 2023. Sra. Elmira Campos Monteiro". Larissa indica com um sorriso, também natural após anos de prática, que vão começar.

A conversa flui sem barreiras. Elmira se expressa muito bem e domina a mensagem que deseja passar; está acostumada a falar com a imprensa. No dia 14 de novembro vai oferecer um jantar beneficente no casarão da família, que em agosto completou cento e trinta e oito anos. Larissa assegura que esse será o lead da matéria e então pergunta: "A senhora é uma das maiores benfeitoras do Brasil. Como a filantropia se tornou parte da sua vida?". Quando começou naquele emprego, costumava questionar as perguntas que o chefe indicava como obrigatórias; ainda sonhava em desenterrar uma história fantástica, e para isso são necessárias perguntas mais perspicazes. Baixa o olhar para o caderno e risca a pergunta, como se o gesto também eliminasse da pauta a vergonha que sente ao fazê-la. Elmira conta que solidariedade, gratidão e retribuição são valores que aprendeu dentro de casa desde cedo. Explica que cresceu acompanhando a mãe e a avó em campanhas de caridade pelo bairro. Além disso, sempre ouviu o pai dizer que toda pessoa com a sorte de estar em uma posição privilegiada precisa ajudar o próximo. "São valores cristãos, acima de tudo", conclui.

De repente, duas batidas na porta interrompem a entrevista. Uma mulher com uniforme de copeira preto pede licença e se aproxima. Com gestos comedidos e voz baixa, avisa que o pessoal pediu para perguntar o que é para fazer com o baú. Elmira aperta os olhos e leva o guardanapo de pano ao canto da boca; pelo jeito, não sabe a que baú a funcionária se refere. Larissa decide pausar a gravação e se concentra em sua xícara de chá para não constranger a entrevistada. "Baú?", Elmira pergunta, séria. A funcionária, por sua vez, responde com um olhar tão aflito que Larissa não poderia deixar de notar. Com gestos calmos, Elmira dobra o guardanapo e o pousa sobre a mesa; em seguida, lamenta a interrupção e se desculpa dizendo que os preparativos do evento demandam muito dela, principalmente na reta final. Ao se levantar, alinha o vestido com um meneio discreto e convida Larissa a acompanhá-la. "Assim já apresento a casa", diz, resoluta.

Larissa percebe que Elmira e a funcionária seguem em direção aos fundos da construção. Repara no piso de tacos longos de madeira, perfeitamente encerados, enquanto a anfitriã relata que, nos últimos anos, empreendeu um processo de restauro minucioso a fim de preservar a casa conforme o desejo de seus avós, bisavós e tataravós. "São Paulo cresceu atropelando a própria história. Manter essa casa significa que valorizamos o trabalho dos nossos antepassados", conclui com firmeza. Elmira lembra que o casarão passou por todas as gerações de sua família desde que foi construído pelo tataravô e explica que a área do terreno era muito extensa, mas que com o passar dos anos a família foi colaborando com a prefeitura nos planos de expansão da cidade. Colaborando? Larissa ri sozinha da escolha do termo; definitivamente não vai usá-lo na matéria. "Hoje", Elmira continua, não sem um fio de lamento resignado que Larissa adoraria puxar, "restaram apenas a casa e o jardim."

Depois de atravessarem uma sala de estar pequena, finalmente chegam à parte de trás da construção. Ali também há um alpendre, porém bem menor que aquele onde foi recebida por Elmira; uma escada paralela leva a um jardim, este sim mais amplo que o da frente. Larissa observa que o lugar está passando por mudanças: seis homens de camiseta e boné verde estão ali, inclusive os dois que ela viu do lado de fora logo que chegou. Foram abertas várias covas, árvores pequenas aguardam o plantio, há pilhas de rolos de grama e pacotes de pedra prontos para uso, mas as ferramentas estão silenciosas, algumas encostadas no muro, outras servindo de apoio para os trabalhadores. "Por favor, peço que não repare na confusão. Decidi mudar o paisagismo de última hora", Elmira explica, sem perceber que os homens estão parados; devem estar curiosos para ver que tipo de tesouro tem dentro do tal baú, Larissa pensa. "Espero que fique pronto a tempo do jantar", a anfitriã continua, seguindo em direção à escada.

Contudo, quando desce os primeiros degraus, Elmira parece ver uma assombração. O baú de madeira, imundo e surrado, está no pé da escada. A funcionária explica que estavam abrindo a cova para plantar a palmeira-real que a patroa pediu e o acharam enterrado lá, mas Elmira já parece não escutar mais nada. Leva a mão ao peito e Larissa percebe que ela está tremendo. Não parece a mesma pessoa: a postura altiva, a fala impassível, tudo desmorona a cada degrau que desce. Elmira sussurra algo, mas sua voz está tão fraca que Larissa não consegue ouvir. Os passos vacilam e a senhora, antes dona de gestos tão seguros, precisa se debruçar sobre o corrimão. A funcionária oferece ajuda, e nesse movimento Larissa aproveita para se aproximar; "... não, comigo não, comigo não" é o que consegue distinguir do lamento. Por fim, ao alcançar o último degrau, a dona do casarão faz um sinal quase imperceptível com a cabeça para um dos homens e autoriza que o baú seja aberto.

O grito de horror foi tão sincronizado com o levantar da tampa que pareceu que quem gritava era o baú, não Elmira. A funcionária se assustou tanto que recuou e tropeçou no primeiro degrau, caindo sentada. O homem que abriu o baú fez o sinal da cruz várias vezes. Estão todos chocados.

Menos Larissa: seus olhos faíscam. Isso sim é uma matéria.

II

"Estou tão orgulhosa de você", ouve a mãe dizer, mas, depois de todas as brigas recentes, é impossível não desconfiar do elogio. Arruma o cabelo da filha como tantas vezes fez ao longo de quase trinta anos, as duas sempre na mesma posição: a mãe de pé e ela sentada no banco da penteadeira. A diferença é que o acessório esta noite é um véu de renda branco, e não uma tiara ou um lenço de cetim. "A família inteira dele veio", continua em um tom que a filha conhece muito bem. Não suporta mais ouvir que a família do noivo é uma das mais influentes de São Paulo. Então revira os olhos e respira fundo, um gesto propositalmente exagerado. "Eu não disse nada", a mulher se justifica. "Você está igualzinha ao papai", a noiva responde. A mãe usa o grampo que tem nas mãos para prender o cabelo da filha com um pouco mais de força que o necessário. "Não seja injusta, Ester. Tudo o que eu e seu pai fazemos é pelo bem da família."

Duas batidas na porta estancam a discussão. O ruído da maçaneta antecipa a faixa de luz mais forte que invade o quarto e divide o assoalho. "Dona Elaine, srta. Ester, os convidados estão aguardando", ouvem a voz anunciar. A noiva aproveita a interrupção para se levantar com um movimento brusco, que serve para se afastar da mãe; diante do espelho grande, emoldurado com uma fita de couro caramelo, alinha o vestido com um meneio discreto: a saia ampla de crepe com tule ficou exatamente como queria; já os detalhes de renda no busto e nos braços foram um pedido da mãe. Até que ficou bom, pensa. Com o canto do olho, repara que a mãe está impecável: um vestido longo de crepe verde com tantos detalhes bordados com pedraria que deve ser difícil de sustentar; mas sua postura é ereta e inabalável, como se a presilha dourada na cabeça firmasse o corpo, e não o contrário. A filha então infla o peito e levanta a cabeça. "Nadir, me ajuda aqui", ordena. A empregada, uniformizada com um vestido de copeira preto e touca branca, entra no quarto; com dois grampos e gestos precisos, prende o véu com firmeza nos cabelos da noiva. Ester se levanta e se olha mais uma vez no espelho grande. Percebe que Nadir se vira para a mãe: "Precisa de alguma coisa, dona Elaine?". Mas antes que a mãe possa responder, a filha intervém: "Vamos, Nadir", como se estivessem sozinhas ali, e sai do quarto.

Ester não repara no ruído incômodo causado pelos passos pesados com que atravessa o piso de tacos longos até a sala onde o pai costuma fumar com outros homens que visitam a casa. Diante da porta que leva ao alpendre dos fundos, sente um nó de lágrimas sufocando a garganta. Não percebe quando Nadir se aproxima com o buquê. É um arranjo de lírios e gérberas brancas com vinte e cinco flores, do jeito que pediu. Ao pegá-lo, nota que as mãos estão tremendo. Não queria ter discutido com a mãe no dia do casamento, mas ela precisava ter falado aquilo de novo?, pensa. Sabe muito bem o que ela quis dizer quando mencionou a família do noivo. "Você é a única que se preocupa comigo, Nadir", fala, com a voz embargada. A empregada então aperta a mão da jovem e responde: "2 de maio de 1971. Hoje é o seu dia, dona Ester. A senhora nunca mais vai se esquecer dele. Aproveite". De alguma forma, ouvir a empregada que cuidou dela desde criança a acalma; o nó de lágrimas na garganta se afrouxa. "Vou pedir pro papai me dar você de presente de casamento, Nadir!", brinca, não sem alguma verdade. A empregada sorri o mesmo sorriso miúdo de sempre e abre a porta.

Sempre ouviu o pai contar que, antes de os avós decidirem vender dezenas de alqueires para incorporadoras, o terreno que circundava a casa era enorme. Por mais que, originalmente, tenha sido construída como base para as temporadas que os bisavós, fazendeiros do vale do Paraíba, passavam em São Paulo, havia uma quantidade de terra considerável que usavam para lavouras mais modestas. A área foi loteada e tem novos habitantes, mas até hoje o pai repete que foi um erro. "Imagine quanto valeria agora?", argumenta. Ainda assim, o espaço que Ester vê do alpendre da casa é grande. A ponto de, naquela noite, acomodar centenas de convidados.

Esse foi o motivo inicial de tantas discussões sobre o casamento. Ela mesma, a noiva, não conhece metade das pessoas ali. Está convencida de que, para os pais, aquele evento pouco tem a ver com a celebração de seu amor pelo noivo; a ocasião é apenas uma oportunidade de estreitar parcerias comerciais e políticas. Nada que a mãe diga agora vai mudar essa percepção, alimentada durante meses. Ouviu os pais repetirem inúmeras vezes, desde que começou a namorar Angelo, que a família Monteiro é uma das mais tradicionais de São Paulo; diziam isso sempre com orgulho e proveito. Mas nunca quiseram saber dos sentimentos da filha por ele ou dos dele por ela. A sorte é que se amam, Ester pensa, e tem certeza de que Angelo é o homem da sua vida. É uma pena que hoje, na festa que comemora essa união eterna, terá que cumprimentar banqueiros, empreiteiros, empresários, militares e tantas outras pessoas que nunca viu antes.

Palmas e assovios irrompem quando ela surge no alto da escada. É a mesma que cansou de subir e descer na infância e na adolescência, mas que hoje, com tantas tulipas e copos de leite enfeitando o corrimão, está sublime. O noivo, agora marido, a aguarda no jardim com um sorriso que, aos seus olhos, ilumina mais do que todas as lâmpadas da festa. Tomara que Nadir esteja certa, Ester repete para si mesma, que nunca se esqueça desse dia.

Enquanto desce os degraus, não consegue segurar as lágrimas. Angelo se aproxima e a recebe ao pé da escada com um beijo. Os convidados os saúdam com mais palmas e assovios. No abraço apaixonado do marido, Ester sente que aquele momento poderia durar para sempre.

Mas um tilintar agudo e persistente o desfaz muito mais rápido do que ela gostaria. A atenção dos convidados deixa os noivos e se volta para a origem do ruído incômodo. Só então Ester se dá conta de que é seu pai, batendo a faca em uma taça de vinho, que pede a palavra.

É como se o nó, que minutos antes sufocava a garganta, agora retorcesse o estômago. Nas muitas imagens que sonhou para o dia do seu casamento, nunca considerou que o pai, um homem tão taciturno e ensimesmado, pudesse fazer um discurso. Talvez até seja o sonho de toda filha ouvir o pai discursar no casamento, mas não é o dela; Ester sabe do que se trata.

"Minha filha, meu genro", ele começa depois de apoiar a faca na mesa; ao seu lado, a esposa Elaine alinha o talher junto ao prato. "Meus convidados", ele continua, mas um grito o interrompe. Todos se entreolham, assustados. Um burburinho se espalha: foi um grito longo, de pavor. Alguém está em perigo? Um grupo corre em direção aos fundos do jardim; parece ter vindo da casinha onde fica a antiga cisterna.

Quando Ester alcança o grupo, a situação já está esclarecida. Três meninos aproveitaram a desatenção das mães enquanto a noiva descia a escada para se afastar. Estavam brincando de caça ao tesouro, entraram na casinha e ali encontraram um baú — que agora está aberto no centro da roda de convidados. O menino que achou o objeto, portanto o vencedor da brincadeira, obrigou os outros dois a vestirem, como prenda, as peças que estavam ali dentro. Quando uma das mães se deu conta da ausência do filho, foi até o fundo do jardim para procurá-lo e ali o encontrou com os braços enfiados em algemas e uma das pernas metida numa corrente terminando em uma bola de ferro; o outro menino carregava no pescoço uma forquilha e trazia na mão um ferro longo com a letra C na ponta. Horrorizada, a mulher gritou.

Os ferros são retirados das crianças e jogados perto do baú. Os meninos levam uma bronca enquanto limpam suas roupas. Algumas mulheres estão com lenços à boca; outras se benzem.

Em meio à movimentação e ao burburinho, Ester procura os pais. Ao lado da casinha da cisterna, mal reconhece o homem que segundos antes pedia a palavra para fazer um discurso: os olhos dele estão vidrados e os ombros derrotados, a boca murmura algo que a filha, de onde está, não consegue decifrar. Atrás dele, Elaine segue altiva mesmo depois do que se passou; continua parecendo sustentada pela presilha na cabeça. Ordena que os empregados recolham tudo e levem o baú imediatamente para a fazenda em Queluz; que lá ele seja enterrado em uma cova concretada.

Pouco a pouco, os convidados se afastam. Alguns voltam para as mesas, outros vão embora. Ester então se aproxima dos pais. Está compadecida. Com um gesto carinhoso, que talvez também seja de perdão, pousa a mão sobre o ombro do pai. Mas o homem não reage, é como se estivesse em outro lugar: os olhos fixos no baú, os lábios murmurando baixinho. Só quando Ester se abaixa consegue compreender algumas palavras: "… é a lenda… mamãe contava… é a lenda", ele repete, com a voz tão sombria que parece falar com o passado e não com a filha, que está ao seu lado. "... nossa família é assombrada... mamãe contava... nossa família...", repete, em um ciclo que dá a impressão de durar para sempre.

Por fim, só a família e os empregados permanecem naquela área do jardim. Enquanto observa o baú ser fechado, o olhar de Ester cruza com o de Nadir. A empregada lhe sorri o mesmo sorriso miúdo. Estava certa: Ester nunca mais vai se esquecer deste dia.

III

"Com todo o respeito que lhe devo, Leonel, mas esse gaúcho não sabe o que está fazendo." De todas as visitas que a família recebe, aquele homem é o único que pode falar nesse tom com o sr. Campos. Por isso Tiana não estranha a discussão quando sobe até o alpendre dos fundos equilibrando na bandeja cinco tacinhas e uma garrafa de conhaque. "São seis anos desde a revolução e o país está sem arreio", o homem continua. Está usando a mesma sobrecasaca de sempre; Tiana a reconhece pela aparência desbotada e pelo cheiro um pouco azedo. Seu nome, ela sabe, é Acácio; é para ele a segunda taça que serve. "E você acha que com aquele estradeiro estaria melhor?", Campos responde, acalorado. "E o que foi eleito está preso, já se esqueceu?", provoca.

Poucas vezes Tiana o viu assim diante de convidados. A ordem vigente é que, na presença de visitas, os Campos sejam clementes e sensatos. Ela entrega a terceira taça a um moço de bigode escuro e fino que visita a chácara dos Campos pela primeira vez. É quem toma a palavra: "Nem Getúlio nem

Washington Luís e muito menos o aventureiro do Prestes. A verdade é que nenhum dos três sabe lidar com as greves". Ao ouvir aquelas palavras, uma pontada no canto da barriga faz Tiana vacilar. Por conta disso, algumas gotas de conhaque, uma bebida chique, como lhe informaram, caem na bandeja; os olhos do sr. Campos a reprimem e ela entende que quando os homens se forem vai levar uma descompostura.

No fundo do jardim, os cachorros da família não param de latir. Tiana sabe que o sr. Campos se irrita com o barulho, mesmo distante. Precisa correr até lá para ver o que está acontecendo, pensa, antes que isso vire outro motivo de bronca. "O que você sugere então, Filipe? Outra revolução? Não basta a de 30?", Acácio pergunta com um tom sério. "Quando a monarquia pôde segurar, não segurou", o jovem sugeriu, "e a república está indo pelo mesmo caminho. O que o Brasil precisa é de um governo de mão firme, senhores." Tiana deixa a garrafa no centro da mesa e se afasta, apressada; ainda tem as mulheres para servir. No último degrau da escada, consegue ouvir a conclusão do tal Filipe: "Um governo que trate esses vagabundos na bala, já que chicote não pode mais".

Na cozinha, Tiana enxuga o rosto com um pano que sempre deixa pendurado na janela. Sabe que a patroa não gosta que esteja suada ao servir as convidadas. O que pode fazer?, se pergunta, parar de transpirar é que não vai, ainda mais com o avental grosso e o lenço na cabeça que é obrigada a usar. Mas a experiência lhe diz que com essa gente todo cuidado é pouco, que dirá em dia de visita. Por isso abana o rosto com a mão e enxuga os braços; em seguida, arruma cinco conjuntos de xícara na bandeja e tira o bule do fogão à lenha sem se importar com a temperatura da alça. Antes de sair, leva a mão ao peito e deixa o ar inflar os pulmões. Está preocupada com o marido. Entende a importância do que ele está fazendo, mas tem medo.

Na sala de jantar, acomoda a bandeja e o bule no canto da mesa para começar a servir as madames. "Onde já se viu? Isso não é arte", uma das mulheres se lamenta. É uma amiga íntima de Elmira, Tiana a reconhece; observa que está usando um vestido fechado feito de um tecido tão grosso que não sabe como ela não está pingando de suor. "Foram os modernistas, Catarina, eles que começaram a pintar qualquer coisa e a chamar isso de arte", outra senhorita, bem mais moça, argumenta. Tiana supõe que seja a esposa do tal Filipe e calcula que deve ter apenas uns quatro ou cinco anos a mais que o menino Campos. Vai até o bufê e pega, sempre com muito cuidado e receio, a bonbonnière de cristal que é o xodó da patroa; a traz para o centro da mesa e destampa: são biscoitos finos que a sra. Elmira encomendou na cidade.

Mas as mulheres não dão importância de imediato; estão agitadas com a discussão. "Pintam até batuque agora. Vagabundagem virou arte", a esposa de Acácio, Mariana, se coloca com a voz rouca de sempre. É a última a ser servida por Tiana. "Deu no que deu. Hoje o povo se acha no direito de fazer greve", Mariana conclui, levantando a xícara e assoprando o chá.

Depois de alguns segundos em silêncio, momentos em que todas levam a xícara à boca, a mais moça se inclina para a frente, demonstrando que vai revelar um segredo. Imediatamente, todas as senhoras dobram as colunas e esticam o pescoço sobre a mesa. "Filipe diz que se tiver mais uma greve na fábrica", ela cochicha, não querendo ser ouvida na varanda, "ele mesmo pega em arma", conclui e volta a cobrir os lábios com a xícara, como se não tivesse sido ela a expressar aquelas palavras. As madames retornam as costas aos seus respectivos encostos, entretidas. Tiana sente um vento gelado na nuca que a apavora. Com a cabeça baixa a fim de evitar o olhar da sra. Elmira e, assim, se esquivar de uma nova ordem, retira a bandeja e sai. Precisa voltar para a cozinha e respirar.

Vai até o fogão e se certifica de que ainda tem chama. Se a conversa esticar muito, daqui a pouco o patrão pede para passar o café, pensa. Põe mais um pedaço de lenha na boca do fogão e finalmente tem um raro instante de descanso. Tiana se dá ao luxo de se sentar em um banquinho de madeira perto da porta do quintal para tomar uma brisa e respirar um pouco. Calcula que ninguém vai chegar naquele momento. Enfia a mão no vestido, por cima do seio esquerdo, e tira dali um papel dobrado em várias partes. Foi Isidoro quem lhe entregou no último domingo. Ainda não consegue ler bem, mas o marido está lhe ensinando. Ele aprendeu logo que entrou na ferrovia, na escola noturna que os trabalhadores fundaram. Por causa das aulas com Isidoro é que Tiana conhece as letras S-E-B-A-S-T-I-A-N-A. Por causa das aulas é que ela também reconhece a palavra G-R-E-V-E no verso do panfleto onde escreveu seu nome sozinha pela primeira vez.

"Que é isso, Tiana?", escuta de repente. O susto é tão grande que os dedos deixam o panfleto cair. "Que papel é esse?", a voz insiste. Tiana levanta os olhos e vê o menino Campos parado a alguns metros dela. Sente a testa umedecer o maldito lenço de algodão grosso que a patroa a obriga a usar. O pensamento é mais rápido que o gesto de recolher o papel: apavorada, ela já imagina o menino entregando ao pai o panfleto da greve com o nome dela escrito atrás; imagina a patroa lhe xingando de criada insolente e exigindo ao marido que a mandasse embora; consegue ver a si mesma despejada pelo patrão com uma mão na frente e outra atrás; e ainda vê o papel na mão daquele Filipe enquanto ele aponta uma arma para Isidoro; o marido preso, morto, tudo por causa dela, que não soube esconder um panfleto. Tudo isso Tiana pensa antes mesmo de a mão alcançar o papel no chão.

O menino Campos a encara com os olhos cheios de fúria e orgulho, um olhar que todo patrãozinho tem. Ele não é o seu primeiro, por isso sabe reconhecer os traços. Tiana apanha o papel e se levanta vasculhando a mente em busca de uma desculpa, qualquer coisa que justifique aquela situação. Por que teria um panfleto de convocação para a greve? Por que seu nome estaria nele? Quem a ensinava a ler e a escrever? Precisa pensar rápido.

Mas de repente Tiana e o patrãozinho ouvem um grito furioso do sr. Campos vindo do jardim. Com o tempo que tem de casa, sabe que algo grave aconteceu. O menino Campos, assustado, parte para se certificar de que está tudo bem com o pai. Tiana se aproveita da situação para arremessar o papel nas chamas do fogão. Não pode mais correr esse perigo. Em seguida, dispara até os fundos da casa.

Quando chega ao jardim, percebe que as mulheres também estão na varanda. Algumas cobrem a boca; outras se benzem. Já os homens estão espalhados pelos degraus. O menino Campos está ao pé da escada, debruçado sobre um dos cachorros. Ao bater o olho no animal, Tiana lembra que, em algum momento daquele dia, pensou em ir verificar por que os cachorros latiam daquele jeito; em meio a tantas tarefas, acabou se esquecendo.

"Vai ter que sacrificar", ouve Acácio dizer. Só então se dá conta de que o animal amparado pelo patrãozinho está ferido. A pata direita, a dianteira, está sangrando por um rasgo de uns quatro dedos de largura. Os outros dois cachorros correm pelo jardim; parecem brincar com alguma coisa que ela não tem tempo de identificar. "Quem foi que soltou os cachorros?", o patrão pergunta, transbordando raiva. De cabeça baixa, Tiana diz que não sabe, mas que já vai pedir pra alguém prendê-los. O homem não parece satisfeito com a resposta. Com gestos brutos, o sr. Campos desce a escada e começa a andar na direção dela.

De olhos baixos, Tiana nota uma peça de ferro estranha perto do cão ferido: é uma espécie de coleira grossa, com entrada para chave e duas hastes laterais; as hastes têm cerca de dois palmos de comprimento e terminam em lanças pontiagudas — em uma delas, vê um pouco de sangue. Deve ser do cachorro, conclui. Ela ainda tem tempo de ver que um dos animais se aproxima da escada carregando uma algema na boca.

"Meu pai me contava sobre essa assombração, Tiana", o sr. Campos fala, já bem perto dela. O patrão modula a voz para que a assuste mas que não possa ser ouvida pelas visitas. "Só que eu não acredito em feitiçaria da tua gente", ele continua. "Você chama agora a criadagem pra catar todos esses ferros e botar de volta no baú." Tiana balança a cabeça com um gesto amplo, para não deixar dúvida de que entendeu as ordens. "Depois, vocês vão jogar esse maldito baú no rio", ele chega a bufar enquanto fala. "Sim, senhor", ela responde e arreda o pé para aviar a tarefa. Mas o homem a impede; ele a agarra pelo braço e ameaça: "Se esse baú aparecer de novo, é você que vai usar esses ferros".

Então, pela primeira vez, Tiana levanta a cabeça e encara o patrão. A chama que queima o panfleto em seus olhos.

IV

"*Per istam sanctam Unctionem et suam piissimam misericordiam parcat tibi Dominus quicquid oculorum uitio deliquisti. Amen.*" Delicadamente, com o polegar embebido em óleo, o padre unge os olhos da enferma. De tão pálida, sua fronte tem as veias aparentes, finas e fracas como fios de algodão. Ele repete a mesma oração e o mesmo gesto sagrado nas orelhas, no nariz, na boca, nas mãos e nos pés da senhora. Nota que sua pele está ressecada; em alguns lugares já parece mostrar um tom acinzentado. "*Ut a peccatis liberatum te salvet atque propitius allevet. Amen.*" A mulher mal se mexeu durante o ritual. Não vai resistir, ele pensa; que Deus salve sua alma.

Na sala de jantar, instantes depois, sentados à mesa posta com um café da manhã farto, dona Elisa lhe agradece a extrema-unção. O padre percebe que ela tem os olhos avermelhados e conclui que deve ter sido uma noite longa para a família. "Perdoe o chamado de última hora, padre Nicolau. Mas não contávamos que ela pioraria tanto esta noite", Elisa diz, com a voz cansada. "Não é necessário agradecer, tampouco se desculpar, minha senhora", Nicolau responde com o sotaque característico depois de um gole de café. "Seu marido é um homem muito bom para a nossa paróquia", continua, apontando com os olhos claros para o homem na cabeceira da mesa.

Desde que padre Nicolau assumiu a paróquia Nossa Senhora da Penha de França, em São Paulo, Miguel Campos tem sido um dos fiéis mais generosos. Nas temporadas que passa na cidade, o fazendeiro contribui doando produtos que traz de Queluz e valores notáveis em dinheiro. O padre sabe que não pode negligenciar um pedido vindo dele, mesmo que isso signifique mais de uma hora de charrete até sua casa. "Ademais, o sacramento da extrema-unção não se nega a ninguém", complementa.

O padre se serve de mais um pedaço de bolo de milho. "Mas se me permite, dona Elisa", diz Nicolau, olhando de soslaio para Miguel, "a senhora sua sogra deveria ser retirada da alcova onde está e levada para um cômodo mais arejado", sugere com um tom professoral.

Nicolau chegou ali quatro anos antes. Não demorou a compreender que, naquela cidade tão pouco desenvolvida, de gente tão ignorante, sua missão seria instruir a população. São Paulo possui cerca de sessenta mil habitantes; não é pequena, ele sabe. Mesmo resignado com o fato de que talvez não consiga conduzir rebanho tão numeroso ao florescimento, não mede esforços para que ao menos os moradores de Penha de França alcancem os padrões básicos de civilização — padrões estes que ele acredita trazer de Lunigiana, sua cidade natal, na Itália.

Dona Elisa explica que decidiu pela alcova com receio de que uma corrente de vento pudesse piorar o estado de saúde da sogra. Mas antes que Nicolau pudesse explicar que a ventilação renovaria o ar nos pulmões da senhora, Miguel intervém: "Não se questiona padre, mulher", e imediatamente ordena que duas negras preparem o quarto da filha Elmira para receber a senhora sua mãe. O padre nota que Elisa se cala com um gole de chá.

Terminado o café, Miguel Campos acompanha o padre Nicolau até a saída. Os dois homens atravessam juntos o alpendre principal e descem a escada da frente em silêncio. No jardim, o padre olha para trás e admira o que considera ser a mais bela imagem naquele casarão: a escadaria de pedra que conduz até a porta de madeira entalhada no alpendre. O detalhe da bandeira de vidro sobre a porta, ele pondera, é um toque de refinamento que lhe dá esperanças: um dia, essas terras hão de alcançar o estágio de polidez da Europa. "Uma doação para a paróquia, sr. padre", Miguel fala, interrompendo seus pensamentos. O senhor tem na mão estendida um maço de notas. Nicolau agradece e deseja a pronta recuperação da sra. Campos.

 Ao subir na charrete, porém, um detalhe da casa lhe chama a atenção. Na parte de baixo, no lado oposto de onde ele sabe que está localizada a cozinha, há uma porta bem mais baixa que as outras, que parece levar a um cômodo sem nenhuma janela. Ciente do que aquele lugar pode ter sido, o padre desce da charrete e caminha a passos largos. Com um gesto pesaroso, empurra a porta e encontra lá dentro correntes, algemas, um ferro longo com a letra C na ponta; viramundo, pinças, forquilha. "Parece que nunca viu uma senzala, padre", Campos diz sobre o ombro esquerdo de Nicolau. Guiado pelo firme dever de instruir aquela gente, o padre responde: "Se me permite, sr. Campos, nós estamos em 1889. Aproveite melhor esses ferros".

 Percebe então que Miguel Campos reage de forma encabulada. É estranho, o padre reconhece; aquele homem jamais questionou nenhuma palavra sua. Nicolau pergunta se há algum problema. Então o outro retira o chapéu e desvia o olhar para o lado de fora da senzala: "Já mandei derreter, padre, mas isso daí não derrete por nada", explica, constrangido. "Eu vi com meus próprios olhos. O fogo que derreteu um arado nem mexeu nisso daí." Por fim, já de olhos baixos diante do padre, conclui: "Juro pela saúde da senhora minha mãe".

 Nicolau torna a fechar a porta da senzala. Com passos pensativos, retorna à frente do casarão. Miguel o acompanha em silêncio.

Então, de cima da charrete e do alto da autoridade que sabe exercer, ordena: "Pois então mande enterrar os ferros". Já com as rédeas de couro na mão, finaliza: "Se não por convicção, pelos bons costumes".

Na estrada, conduzindo a mula pelo cabresto, ainda consegue observar, antes de perder o casarão de vista, quando dois negros trazem um baú de madeira para junto do sr. Campos. Civilizá-los, pensa Nicolau, satisfeito; essa é a sua missão.

Fawohodie

Na incandescente manhã de fevereiro em que minha tia-bisa Inês morreu depois de uma vida assoberbante na qual não cedeu um só momento nem ao fatalismo nem à resignação, observei que a placa que intitulava Vila Luanda tinha sido renovada com o nome não sei de que padre vindo não sei de que país europeu; o fato me desgostou, pois compreendi que o desarrazoado e bárbaro presente já a borrava e que esse apagamento era só mais um de uma série infinita neste país. O Brasil pode mentir mas eu não, pensei com orgulho melancólico; sei que, alguma vez, minha devoção ávida pelas nossas origens exasperara a tia-bisa Inês; agora morta, eu podia me dedicar à memória de nossa família, sem tanta esperança de saber mais sobre nossos antepassados mas também sem reprimendas diante das minhas perguntas infindáveis. Considerava dia 30 de abril seu aniversário, apesar de ser a data do seu batismo, registro mais antigo da sua existência; visitar, nesse dia, a casa da rua dos Operários para saudar Ana Rita Garcia da Silva, sua neta e minha prima de segundo grau, era um ato cortês, irrepreensível; conveniente, talvez.

Tia-bisa Inês nasceu em 1909; é a parente mais distante na árvore genealógica de que temos registro. Como é bem sabido que cada ancião negro que morre neste país é uma biblioteca de al-Qarawiyyin que se queima, me afligiu a possibilidade de encurtar a já curta vereda que me liga à minha ancestralidade conhecida. Por isso, naquela manhã de fevereiro, decidi que iria visitar de tempos em tempos, na pequena cidade do interior de Minas Gerais, a prima Ana Rita, sua única descendente direta, com quem tive pouco ou nenhum contato mas que foi quem mais conviveu com tia-bisa Inês, numa tentativa de colher qualquer rastro sobre nossa história que possa ter captado dela.

Tia-bisa Inês era atarracada, parruda e tinha a pele retinta-azulada; havia em seu andar uma rigidez de desventuras, um princípio de assombro; Ana Rita é esguia e comedida, sua pele é mais clara que a da avó, porém ainda mais escura que a minha. A despeito do diploma em letras, pulou de comércio em comércio revezando-se em tarefas de atendimento, secretariado e vendas; já faz alguns anos que trabalha em uma padaria sofisticada no centro, destinada aos turistas que visitam a cidade. Tem, como tia-bisa Inês, mãos pequenas e vigorosas. É petulante, mas se faz subserviente. A duas gerações de distância, o tom de voz abafado e a gesticulação refreada das pessoas negras violentadas nos anos seguintes ao pós-abolição sobrevivem nela. Ainda mais em Minas, onde o minério mais abundante é o mesmo com o qual se produziam as correntes.

Em um 30 de abril, alguns anos após a morte de tia-bisa Inês, me permiti juntar ao café da tarde que tomava com minha prima, logo depois da visita anual ao cemitério, um bolo decorado com glacê real que trouxe de São Paulo. Ana Rita o provou, julgou-o saboroso e empreendeu, depois de alguns pedaços, uma defesa do Brasil moderno.

— Tem muita coisa para melhorar? Tem. Mas hoje — disse com uma animação um tanto inexplicável —, se você tem geladeira, água encanada, vaso sanitário, vive com muito mais conforto do que qualquer monarca que viveu aqui no Brasil.

Então devotou os minutos seguintes a enumerar elementos cotidianos que comprovariam sua tese, de eletrodomésticos e meios de transporte a telefones celulares e tratamentos odontológicos, comparando cada um com ferramentas e métodos utilizados para as mesmas funções nos séculos XVIII e XIX. Ana Rita cuidava de sublinhar que o trabalho, fosse ele qual fosse, era sempre um ônus dos nossos antepassados negros, que o executavam continuamente sob castigos e torturas. Era incontestável seu conhecimento dos costumes das vidas escravizada e burguesa desses séculos, vidas estas indissociáveis.

Porém, tão inepta me parecia aquela tese, tão soberba e extensa sua exposição, que para me desvencilhar perguntei a Ana Rita por que não a escrevia. Como era de esperar, minha prima respondeu que já fizera isso: a tese figurava na introdução de um poema de muitas partes em que ela trabalhava havia alguns anos, sempre apoiada "nesses dois mourões que se chamam trabalho e solidão" (palavras suas). O livro se intitulava *O país, em cores*; era uma descrição detalhada dos costumes da sociedade brasileira nos séculos passados com enfoque na rotina de sofrimento das populações escravizadas.

Pedi que ela me lesse uma passagem, mesmo que breve. Ana Rita deixou a cozinha no mesmo instante; pude ouvir uma gaveta se abrindo, de onde provavelmente tirou o calhamaço de folhas impressas com o qual retornou em mãos.

Vi o viramundo revirando espíritos
O grilhão grotesco ignorando gritos
Vi o atrito da carne na corrente
Rito corrente de um tempo imundo

Deteve-se a analisar os próprios versos. Esclareceu que conteúdo e forma coexistem no poema, por isso no início da empreitada literária recuperou os estudos de metrificação subjugados na época de faculdade; me entediou terrivelmente ao discorrer sobre sílabas tônicas, vogais átonas, hiatos e ditongos. Me servi de mais um pedaço de bolo com glacê real enquanto Ana Rita julgou imprescindível que eu me recordasse de figuras literárias como sinalefa, elisão, diérese e sinérese.

Leu mais algumas estrofes, também justificadas e comentadas com exuberância e pedantismo. Não fosse a própria autora discorrer sobre os versos, o momento resfriaria em silêncio tal qual o café, pois não possuo, apesar do apreço, instrução formal ou técnica sobre poesia. Todavia, devo me fazer passar por bom ouvinte, uma vez que não a inibia em sua exibição e acompanhava as defesas de suas incursões alexandrinas tão atento quanto um lanceiro do exército da Macedônia.

Portanto, devido a uma falha minha, a essa escassez de conhecimento, não me surpreenderam os versos de Ana Rita por sua envergadura poética; por outro lado, a intrepidez do projeto ao debulhar em versos os detalhes de três séculos de escravidão e a fluência com que navegava nesse tempo eram, sim, espantosas. A totalidade do poema, à altura daquela visita, se aproximava das setecentas páginas. Ana Rita insistiu em ler estrofes de cada capítulo que acreditava relevante, e após cada declamação elucidava as motivações das escolhas poéticas de que havia lançado mão.

Por volta da meia-noite me despedi.

Duas semanas depois, Ana Rita me telefonou, penso que pela primeira vez na vida. Convidou-me para voltar à cidade e conhecer a padaria em que trabalhava "e experimentar coisas que não vêm nem de São Paulo não, mas da Europa". É claro que eu conhecia o lugar, tão antigo quanto minhas memórias de visitar a tia-bisa Inês na infância podiam alcançar. "Seu Mesquita 'Português', não é?", conferi. Tia-bisa Inês trabalhou anos na casa dele. Ana Rita explicou que o neto do seu Mesquita era agora quem comandava o negócio e que as receitas e alguns ingredientes eram enviados pela parte da família que mora em Portugal. Aceitei com menos entusiasmo que curiosidade — não pela padaria, mas por Ana Rita se empenhar tanto em usá-la como desculpa para me convidar.

No feriado seguinte, lá estava. A padaria se destacava por suas paredes azul-marinho com detalhes coloridos, como pétalas de flores ao vento, não bastasse estar localizada em uma das esquinas diante da igreja matriz. Tendo entrada pela rua lateral, o comércio foi montado na parte inferior de um casarão antigo, com eiras e beiras, janelas coloniais e uma porta de madeira inteiriça, entalhada à mão, que se abre para a rua principal, a rua da Matriz. Se a construção foi outrora ostensiva, a localização permanece nobre. Naquele feriado, estava apinhada de turistas e foi difícil encontrar mesa no fim de tarde.

Foi uma colega de Ana Rita quem trouxe o cardápio, mas pude avistar minha prima atendendo uma família carioca no balcão. Ao me ver, acenou ansiosamente com as sobrancelhas. Tomei um café e experimentei um pedaço de bolo-rei — apesar de não estarmos perto do Natal, era uma tradição da família dos proprietários, explicou a atendente. Uma delícia, de fato; se um dia eu puder provar a mesma receita na Europa, duvido que será mais gostosa que a versão mineira.

Notando que o movimento diminuía, decidi aguardar ali mesmo enquanto minha prima se liberava. Tinha comigo *A flecha de Deus*, de Chinua Achebe, e aproveitei a companhia de Ezeulu por algum tempo. O festejo em celebração da união entre Obika e sua noiva, Okuata, me fascinava; eu podia sentir o aroma de todos aqueles ensopados, podia tocar o fufu mergulhado neles, e juro que salivei diante das patas de cabra cozidas à perfeição; era encantador o costume de cantar em coro quando um novo tipo de comida gostosa era servido. Achebe foi um dos primeiros autores a povoar minha imaginação a respeito das nossas origens; relê-lo hoje me traz uma sensação estranha de nostalgia que não sou capaz de rastrear.

— Não deve nada para aqueles cafés chiques de São Paulo, não é?

Ana Rita havia encerrado o expediente e me convidou para uma volta na praça da igreja. Pouco tempo depois, sentados em um banco de concreto patrocinado por uma loja de material de construção — cada banco estampava no encosto a marca e o slogan de um comércio local —, ela leu mais quatro ou cinco páginas do poema. Corrigia-as seguindo um princípio questionável de ostentação vocabular: onde antes tinha escrito "agredir", agora abundava "tungar", "esbordoar" e até mesmo "zurzir". A palavra "mentira" não era o bastante; na descrição impetuosa de como as escolas transmitem a história do povo negro, preferia "embustice", "logro", "mofrata", "aboiz"… Insultou com amargura os críticos que estão por vir, sobretudo os que usam como meio a internet; depois, mais benevolente, os equiparou a essas pessoas "que só por terem herdado a balança de ouro de um pai juiz acham que podem pesar e definir o valor de uma *pedra preciosa*". Embrulhou com as páginas do poema mais algumas opiniões como essa e acrescentou, por fim, que planejava publicar imediatamente os cantos iniciais de sua obra. Compreendi então a ligação que me fez — algo tão raro nestes tempos de mensagens; minha prima ia me pedir que prefaciasse aquele poema tão pretensioso. Mas meu temor se mostrou infundado: na verdade, Ana Rita reivindicava outra coisa. Acreditava ser sólida o bastante a reputação da Malê, editora que, acrescentou com rancorosa admiração, se eu me empenhasse, publicaria seu livro. Disse ainda, por fim, que sua avó e minha tia-bisa Inês ficaria muito feliz com a publicação, onde quer que estivesse.

Assenti, profusamente assenti. Esclareci, para maior verossimilhança, que não falaria com a editora na segunda-feira, mas na quinta, na reunião mensal que costumamos fazer para acompanhar o *Velhos demais para morrer*, meu livro publicado por eles (só que essas reuniões não existem). Expliquei que antes de abordar o tema descreveria a grandiosidade da obra. Então nos despedimos. Ao deixar Vila Luanda — nunca guardarei o nome do padre que agora a batiza —, encarei com desânimo os futuros que se apresentavam: (1) falar com o editor e contar que minha prima de segundo grau elaborara um poema que parecia estender até o infinito as possibilidades do pedantismo; e (2) não falar com o editor. Decidi pela segunda opção.

Na terça-feira após o feriado, no raiar do dia dos padeiros, isto é, de madrugada para mim, meu celular dançava sobre a mesa de tantas mensagens que recebia. Fiquei indignado ao me dar conta de que aquela relação, na qual investi com a esperança de que Ana Rita guardasse pistas fundamentais para desvendar o mapa que conduziria à nossa ancestralidade, significava apenas um atalho para suas pretensões literárias. Não respondi nenhuma das mensagens, elas cessaram e, felizmente, nada ocorreu — salvo o rancor inevitável que a situação me inspirou.

O telefone se aquietou por algum tempo, mas em fins de outubro minha prima conseguiu falar comigo. Estava agitadíssima; no começo, não identifiquei sua voz pois vinha de um número desconhecido. Com tristeza e raiva, balbuciou que aquele metido a portuguesinho e a esposa, a pretexto de atrair mais clientes para a Casa de Pães — esse era o nome agora —, estavam demolindo nosso passado.

— É fingir que nada daquilo aconteceu aqui! Pode não ser nossa casa no papel, mas é nossa também, de alguma forma — Ana Rita demonstrava pesar na voz. — É nossa também — repetiu, inconformada.

Ainda que não compreendesse exatamente, não foi difícil compartilhar sua aflição. Uma vez rompidos os lacres impostos e retiradas as vendas sociais que nos impedem de ter uma consciência racial ativa, não há mais volta; qualquer ato ou mesmo alusão ao ato de negar o racismo ou apagar nossa história é um gesto detestável. Quis conversar com Ana Rita sobre esse aspecto, mas ela não ouviu. Disse que se os Mesquita persistissem nesse propósito absurdo iria registrar tudo e denunciar para uma ONG ou quem sabe até levar para a imprensa.

A ameaça me preocupou; fosse qual fosse a reforma que o neto do seu Mesquita "Português" estivesse fazendo em sua propriedade, compartilhá-la publicamente seria motivo de justa causa e, como é bem sabido, literatura não sustenta ninguém. Perguntei se Ana Rita já havia registrado algum material. Ela disse que vinha tirando fotos da obra sem que se deixasse perceber. Vacilou, e com a voz plana, impessoal, à qual costumamos recorrer para confiar algo muito íntimo, disse que para terminar o poema a padaria era indispensável, pois em um canto do *porão*, grifou essa palavra com um tom duvidoso, havia um Fawohodie: um dos pontos do espaço que contêm toda a história do povo negro.

— Está na padaria, no *porão* — voltou a dar uma entonação diferente à palavra. — E é meu. Eu descobri o Fawohodie logo que comecei a trabalhar aqui. É por causa dele, na verdade, que ainda continuo nesse lugar. A entrada do *porão* era fechada, os donos proibiam a gente de entrar lá. Até falar no tal *porão* era proibido. Mas alguém me disse uma vez que tinha um mundo lá dentro. Em um feriado que a padaria ficou aberta até mais tarde, aproveitei que estava cheia de clientes, dei a volta e entrei no *porão* sem que o portuguesinho visse. Aí encontrei o Fawohodie.

— O Fawohodie? — repeti.

— Sim, o lugar onde está guardada toda a nossa história, vista de todos os ângulos. Claro que nunca contei isso pra ninguém. Mas passei a ir sempre ali. Esse portuguesinho não vai destruir o *porão*. Não vai tirar o que é meu — encerrou, angustiada. — O que é nosso — corrigiu, depois de alguns segundos.

Procurei raciocinar.

— Mas não é muito pequeno esse *porão*? — tentei imitar o mesmo tom de desconfiança.

— Se toda a história do nosso povo está no Fawohodie, nele também está toda a nossa grandeza.

— Estou saindo daqui agora.

Desliguei antes que Ana Rita pudesse emitir qualquer tipo de proibição. Basta reconhecer um fato para perceber uma série de traços confirmatórios antes insuspeitos; me espantou não ter compreendido até este momento que Ana Rita era uma obcecada, ou que possuía algum traço de megalomania autocentrada. Também pudera, toda a nossa família... A tia-bisa Inês (eu mesmo já falei sobre isso algumas vezes com parentes mais próximos) era uma mulher desbravadora, resiliente e inteligentíssima, mas havia nela negligências, distrações, desdéns, talvez até algumas crueldades, que talvez pedissem explicação patológica. A certeza da condição de Ana Rita me entristeceu, ainda que eu conservasse algum rancor.

Na tarde seguinte, ela me recebeu na padaria fingindo não me conhecer. Notei por uma indicação em seu olhar que o proprietário estava presente, conversando com fregueses em uma das mesas no salão. Minha prima me ofereceu um cafezinho, cortesia da casa, disse. Aceitei, ainda sem decifrar diante daquela atuação como deveria me portar.

Ana Rita falava com secura; compreendi que não era capaz de outro pensamento que o da perda do tal Fawohodie.

— Dê uma volta para conhecer nossa Casa de Pães — dissimulou, com espantosa simpatia.

Disfarcei, então, interesse. Que situação. Pus-me a girar a cabeça fitando cada um dos cantos do lugar, mas no fundo não conseguia me ater a nada. Pousei a xícara vazia no balcão e a encarei, impaciente.

— No freezer. No freezer tem queijos aqui da região — Ana Rita sugeriu, quase ordenando.

Aproximei-me do tal freezer. Estava repleto de queijos de todas as variações de cores possíveis entre o branco leitoso e o amarelo curado. Os nomes derivavam, invariavelmente, de uma mesma matriz, impossível de ser apontada a essa altura: Recanto de Minas, Segredo Mineiro, Sabor das Gerais. Em um primeiro momento, não compreendi o que Ana Rita gostaria que eu visse ali; então encontrei uma abertura na parede ao lado do freezer, bem escondida, impossível ser vista da entrada. Era um retângulo baixo, sem porta, tampouco portal; devia ter sido aberto a marretadas, pelo que pude perceber de tijolos expostos e barro seco, coagulado. Busquei o olhar da minha prima.

— É o antigo *porão* — ela não conseguia encobrir a resistência à obrigação de usar aquela palavra. — Pode entrar para conhecer, fique à vontade. Vai ser um museu no futuro. É para visitar mesmo. *Tem um mundo aí dentro* — instruiu com perfeita dissimulação.

Entrei depressa, farto daquela cena patética: duas crianças tramando uma peripécia na presença de adultos. O *porão* tinha teto baixo e era necessário manter os joelhos e a coluna curvados o tempo todo. Hoje sei que isso pode ter atrasado minha compreensão total do que era aquele lugar.

— Lá no fundo, no último cômodo. Atrás da mesa de costura — Ana Rita sussurrou atrás de mim. — Você vai ter que se deitar no chão — disse e se afastou.

As paredes tinham cor de barro, sem nenhum tipo de revestimento; o chão era terra batida, perigosamente irregular; algumas lâmpadas amarelas improvisadas, umas mais fortes, outras mais fracas, serviam como única fonte de luz. O ar era frio e denso; sem janelas, não havia circulação suficiente para renová-lo. Notei de imediato uma cadeira de barbeiro antiga ladeada por uma escarradeira de louça e um cabideiro de madeira adornado com detalhes de porcelana nos ganchos. Segui até o cômodo seguinte e, sobre uma mesa de madeira escura havia uma infinidade de imagens de santos católicos de todos os tamanhos e materiais. Ao lado, em uma estante de aço com poucas prateleiras, havia quatro ou cinco máquinas de escrever e um conjunto de canetas-tinteiro. Na sala seguinte, o teto era ainda mais baixo e guardava uma infinidade de utensílios domésticos de épocas diferentes. Senti-me mal. O lugar, por si só, de alguma forma me agoniava, mas a profusão babélica de objetos antigos era atordoante.

Subitamente, compreendi o perigo: me deixei soterrar por uma louca depois de tomar um veneno servido por ela. Ana Rita, para defender seu delírio, para não saber que tinha endoidado, precisava me matar. Era o que estava fazendo. Meu mal-estar piorou. Apoiei a mão na parede, próximo a uma mesa com uma coleção de estátuas de anjinhos da guarda.

Fechei os olhos, abri. Então vi, no chão, um grilhão.

A compreensão finalmente se fez. O *porão* de uma casa grande e centenária no quarteirão da igreja matriz no centro de uma cidade mineira não era uma despensa, um porão ou qualquer coisa do gênero; era uma senzala. Sendo uma família tradicional, de renome, seguidora dos bons costumes e fiel aos mais valiosos preceitos, as gerações descendentes cordialmente escondiam aquela mácula hereditária e inconveniente. Quando chegou a vez do neto do neto do neto assumir o negócio, somou à infame negação herdada de seus antepassados a própria ganância. A reforma que indignara Ana Rita era a tentativa de transformar a senzala em um museu da vida cotidiana, complacente com as famílias brancas da região. Negação e apagamento em um único ato.

A imagem do grilhão provavelmente esquecido ali durante a tentativa de adulteração histórica me recordou o que eu tinha ido procurar. Cumpri então as instruções: no último cômodo, atrás da mesa de costura, me deitei. Ali estava o Fawohodie.

Chego, agora, ao centro indizível do meu relato; começa aqui meu desespero como escritor. Toda linguagem é um alfabeto de símbolos cujo exercício pressupõe um passado que os interlocutores compartilham; sendo assim, como transmitir o infinito do Fawohodie, que minha memória mal consegue abarcar? Talvez seja possível que os deuses dos meus antepassados não me neguem desvendar uma imagem equivalente ao que vi e vivi, mas então este relato ficaria contaminado de literatura, de falsidade. Mesmo porque o problema central é insolúvel: a enumeração, ainda que parcial, de um conjunto infinito. Nesse instante gigantesco em que encarei o Fawohodie, vi milhões de atos prazerosos e atrozes; nenhum me assombrou tanto quanto o de que todos ocupavam o mesmo ponto, sem superposição e sem transparência. O que meus olhos viram foi simultâneo; já o que vou tentar transcrever é sucessivo, linear, pois a linguagem assim o é. Algo, entretanto, tentarei registrar.

Próximo ao chão, faltava parte de um tijolo na parede; nessa cavidade, ali dentro, estava o Fawohodie. No canto inferior à direita, vi uma pequena esfera furta-cor, de brilho quase intolerável. A princípio, parecia estar girando; depois, entendi que esse movimento era uma ilusão produzida pelos espetáculos vertiginosos que ela encerrava em si. O tamanho do Fawohodie era de apenas dois ou três centímetros, mas o espaço cósmico cabia nele, sem diminuir de tamanho. Cada coisa (essa casa dos Mesquita, digamos) era infinitas coisas, porque eu a via claramente de todos os pontos do universo. Vi um emocionante ritual de Xangô em Ajudá; vi os setecentos anos invictos da Abissínia; vi o papa Nicolau v, o "papa humanista", com a pena na mão, expedir a bula *Romanus Pontifex* e assim legitimar a escravização de pessoas negras; vi Ngola Nzinga, búzios no peito, romper com o cristianismo e se postar à frente de seu exército; vi um depósito em Elmina trocar tecidos, braceletes de cobre, barris de bebida e vasos de porcelana por lotes e mais lotes de pessoas escravizadas; vi o cinismo das companhias de comércio europeias ao registrar seus navios negreiros com nomes como *Boa Intenção*, *Caridade* e até *Feliz Destino*, todos exalando putrefação e morte; vi o corpo de uma criança deixar o mar enrolada em um pano encardido e ser levada para o cemitério dos Pretos Novos; vi uma figa de madeira, pequena e delicada, perdida entre as pedras imundas do Valongo; vi cem dos nossos, brasileiros e africanos unidos, tomarem de assalto a Vila de Camamu, na região de Ilhéus, aos gritos de "Morte aos brancos, viva a liberdade!"; vi uma sinhá branca em Vassouras derramar óleo fervente em uma mulher negra que havia se escondido para amamentar o filho mestiço; vi Esperança Garcia escrever uma petição para o governador da capitania do Piauí denunciando a crueldade que sofriam; vi o nome de Toussaint Louverture flutuar pelos cochichos de estivadores na Gamboa; vi o Quilombo Saracura ser soterrado na fabricação de São Paulo; vi doutores, deputados e fidalgos defenderem a eugenia por anos e anos; vi o tribunal lotado no dia em que Luiz Gama derrotou a família de um comendador santista e libertou duzentos e dezessete escravizados de uma só vez; vi Maria Firmina debruçada sobre um calhamaço de folhas tecendo palavras; vi a escrivaninha onde André Rebouças apoiou os cotovelos em uma pausa na redação do seu plano abolicionista; vi como a noite estava reluzente quando o Club dos Libertos inaugurou sua escola noturna; vi um capoeira prometer lealdade à princesa Isabel ao se juntar à Guarda Negra; vi uma reunião cheia de esperança do Club 13 de Maio dos Homens Pretos; vi Pixinguinha, aos treze anos, tocar flauta nas gravações do Choro Carioca; vi uma edição d'*A Voz da Raça*, da Frente Negra Brasileira, passar de mão em mão na estação da Luz; vi Mestre Bimba se apresentar para Getúlio Vargas; vi a estreia de *Sortilégio*, com Léa Garcia, encenada pelo Teatro Experimental do Negro; vi Elza Soares responder Ary Barroso; vi um agente da ditadura infiltrado no baile black comandado por Toni Tornado e Gerson King Combo; vi as escadarias do Teatro Municipal de São Paulo serem tomadas por mais de duas mil pessoas com cópias da carta de fundação do Movimento Negro Unificado; vi a última atividade do Tribunal Winnie Mandela; vi anos depois a mesma Sueli Carneiro defender a constitucionalidade das cotas raciais no Supremo Tribunal Federal; vi Machado, Oswaldo e Conceição; vi Ruth, Zózimo e Lázaro; vi Enedina Alves, Luiza Bairros e Jaqueline de Jesus; vi Barbosa, Pelé e Reinaldo; vi um show dos Racionais e vi Luizão; Vi Fanon e Aimé, Neusa e Beatriz; vi Genivaldo, Mariele e a chacina do Jacarezinho; vi Aída, Rebeca e Rafaela; vi o sangue deles circular no meu sangue; vi a solidão e o medo; vi a esperança e o aquilombamento; vi o Fawohodie de todos os pontos; vi no Fawohodie o Brasil, e no Brasil outra vez o Fawohodie; e no Fawohodie de novo o Brasil; vi meu rosto e minhas vísceras; vi o rosto de todos que fomos, de todos que somos, de todos que seremos.

Senti veneração infinita, lástima infinita.

— Mexe alguma coisa pra eu saber se você não desmaiou, Vinícius.

As botas de plástico azul-escuro, parte do uniforme obrigatório da padaria, estavam junto da minha cabeça. Era Ana Rita, dando ares de preocupação à sua arrogância cínica. Na penumbra daquele último quarto da senzala, consegui me levantar.

— Impressionante. É, impressionante.

A indiferença na minha voz deve ter lhe causado estranheza. Ansiosa, ela insistiu:

— Viu tudo? Em cores?

Nesse instante, concebi minha vingança. Benévolo, manifestadamente apiedado, nervoso, evasivo, agradeci a Ana Rita pelo convite para conhecer o novo empreendimento do patrão e a incentivei a aproveitar a transformação do porão (não reproduzi o tom duvidoso dessa vez) para se afastar daquela casa, daquela família, que há tanto tempo tem sua história entrelaçada com a nossa. Neguei-me, com suave energia, a discutir o Fawohodie; abracei minha prima ao me despedir e repeti que a distância pode ser um excelente remédio.

De volta a São Paulo, nas escadarias do metrô Liberdade, nas ruas do Bixiga ou na República, na primeira semana me pareceram familiares todos os rostos negros, todos os cantos e becos, soterrados ou não. Tive medo de que não restasse uma única coisa capaz de me surpreender; tive medo de que não me abandonasse jamais a impressão de estar voltando ou revendo. Felizmente, depois de algumas noites de insônia, o esquecimento agiu sobre mim.

Pós-escrito de 1º de março de 2023. Seis meses após a inauguração oficial do Museu da Nostalgia, localizado dentro da Casa de Pães Mesquita, uma editora de renome não se deixou amedrontar pela extensão do poema e lançou o primeiro volume de *O país, em cores*. Vale a pena repetir: Ana Rita foi considerada autora do segundo livro de poesia do ano pela *Quatro Cinco Um*. Ficou entre *Quando eu voo*, de Marina Henriques Pinto, e *Xícara lascada*, de Estevão Araújo de Freitas. Já faz muito tempo que não vejo Ana Rita; o *Rascunho* diz que em breve ela nos dará outro volume.

Quero acrescentar duas observações: uma, sobre a natureza do Fawohodie; outra, sobre seu nome. Este é o mesmo nome de um Adinkra, sistema de escrita africano antigo. Sua aplicação ao cerne da minha história não parece casual. Durante séculos, a ciência etnocentrista ocidental negou que o continente africano tivesse uma história ao alegar que seus povos nunca criaram sistemas de escrita. É mais uma tentativa de apagamento: além dos hieróglifos egípcios, existem várias escritas africanas antes da árabe.* Fawohodie simboliza independência, liberdade e emancipação. Seu ícone é a estilização do banco real, símbolo da soberania do reino tradicional axante. Eu queria saber: Ana Rita escolheu esse nome, ou o leu, *aplicado a outro ponto para onde convergem todos os pontos que contêm a história do povo negro*, em alguma das imagens inumeráveis que o Fawohodie do *porão* da padaria lhe revelou? Por incrível que pareça, aceito que talvez exista (ou que talvez tenha existido) outro, ou outros, Fawohodie; mas fato é que o cravado na senzala daquele casarão em Minas Gerais era falso.

Dou minhas razões para acreditar nisso. Conversei com minha prima apenas outras duas vezes após o dia em que vi o Fawohodie. A primeira quando veio a São Paulo assinar o contrato com a editora; e a segunda quando voltou para ver as provas de impressão do livro. Em ambas, tomamos um café e, inevitavelmente, após a visão do Fawohodie, falamos sobre nossas experiências como pessoas negras no Brasil. Nessas conversas, não foram raros os momentos em que Ana Rita defendeu o esforço e o mérito como solução para a desigualdade social; argumentou em um ensejo que nossa raça se acostumou a ser vítima (fez questão de destacar as crueldades da escravidão, mas alertou que o regime acabou há mais de cento e poucos anos, como se fosse o bastante) e, amparada em artigos encontrados na internet, defendeu que não existe distinção entre a forma como policiais agem com homens brancos suspeitos

---

* Elisa Larkin Nascimento e Luiz Carlos Gá, *Adinkra: Sabedoria em símbolos africanos*. 2. ed. Rio de Janeiro: Cobogó/Ipeafro, 2022.

e como abordam homens negros. Percebi nessas ocasiões que minha prima, a mesma capaz de denunciar a intervenção indevida em uma senzala, tinha sua consciência racial limitada ao que aprendeu na escola e, claro, às próprias vivências.

Daí minha suspeita sobre a natureza do Fawohodie que vi. O ponto encontrado na cavidade da parede daquela senzala não guarda toda a nossa história, vista de todos os ângulos; ele, na verdade, é como um espelho da nossa consciência racial. Ana Rita viu nele o que sabe: que a nossa história é a história da escravidão, nada mais; a partir disso, se embrenhou nesse aspecto e colheu dele pormenores certamente valiosos. Já eu, vi o que tive a oportunidade de pesquisar e estudar ao longo dos anos, mas nada mais do que isso; tudo o que vi já conhecia. Hoje compreendo que Ana Rita, minha prima por quem já nutri tanto rancor, é ainda uma vítima de um sistema complexo que se saiu vitorioso no Brasil; sua mente permanece naquele grilhão esquecido sob a mesa com as estátuas de anjinhos da guarda.

Existe um ponto no universo capaz de guardar toda a nossa história e dar a quem o encontra uma consciência racial total e completa? Desconheço, mas aceito a probabilidade. Talvez ele esteja soterrado como estavam os vestígios do Quilombo Saracura, no centro de São Paulo. Nosso país é poroso para o esquecimento. Mas eu não; posso até esquecer os traços da tia-bisa Inês, mas nunca sua existência.

Posfácio (carta)

Geneci,

Posso ouvir sua gargalhada ao nos darmos conta de que a história menos crível deste livro é a única integralmente real. Você ajusta seu fone de ouvido, que vive caindo com o movimento de quando você ri com vontade. "É, meu caro", você diz, "a vida tem dessas."

A história começa na noite de domingo pra segunda, três dias após nossa última sessão. Tudo o que vou contar se passou em uma espécie de jardim, que ligava o desconhecido a sabe-se lá o quê. Nos sonhos, a gente nunca sabe como chegou aonde estamos. Lembro que o chão tinha pedras amarelas e era cercado por arbustos baixos, charmosos, e alguns canteiros de flores. Vasos de barro enfeitavam o lugar. Eu caminhava pelo centro do jardim quando, de repente, alguém arremessou uma cobra no meu caminho. O animal era enorme, devia ter uns três metros de comprimento; as escamas azuladas me causaram arrepios. A víbora me encarou; a língua bifurcada tremulava como uma bandeira de exército em guerra. Ia me atacar. Mas, traiçoeira, não viria de frente: rastejou rápido até os arbustos e se escondeu.

Senti o pavor escorrer pelas costas. Os arbustos, antes encantadores, chacoalhavam ao meu redor ocultando o perigo. A cobra me cercava. Eu estava indefeso e apavorado.

Foi então que alguém, não consegui saber quem, me jogou uma arma: era uma lança vermelha com uma lâmina dupla na ponta. Por algum motivo inexplicável, reconheci o artefato. "Ainda bem que sou muito bom com ela", pensei. A confiança corrigiu minha postura e, com a arma em punho, me pus a seguir meu caminho, sempre atento aos movimentos dos arbustos.

Dei o primeiro passo; silêncio. Segundo passo; nada. A tensão parecia paralisar até o vento. De repente, veio o bote: a cobra saltou às minhas costas, sobre o ombro esquerdo. Ainda me lembro da boca escancarada, as presas sinistras cada vez mais perto do meu rosto.

Não sei explicar como consegui reagir tão rápido (quem me dera ter um reflexo afiado assim na capoeira!). Depois de uma esquiva ágil e eficaz, cravei a lâmina dupla no céu da boca da serpente; com um movimento preciso, levei sua cabeça ao chão.

O golpe a acertou em cheio, mas ela não estava derrotada. A cobra se enrolou inteira e revelou que era um animal mágico: sem que eu pudesse compreender, começou a diminuir de tamanho. Com a cabeça presa no chão pela lâmina, seu corpo se reduziu até não ter mais de meio metro.

Mas estava viva e ainda lutava. Eu não podia vacilar. Senti que precisava matá-la, ou seria eu quem morreria. Com a mão direita, apanhei alguns vasos de barro e os arremessei. Ela se retorcia tentando escapar. A batalha durou alguns segundos, até que a cobra, minúscula, conseguiu se soltar da lança e fugiu.

Não acordei de imediato, mas lembro que, na manhã seguinte, a lembrança do sonho me deixou apreensivo. Você sabe, Geneci, que eu consigo distinguir meus sonhos. Alguns são mera faxina do inconsciente: confusos, agitados, mas não

POSFÁCIO (CARTA)

causam nenhuma reação forte; outros são como cartas: têm remetente e destinatário.

Mas o que aquela carta me dizia? Eu não conseguia entender. Então fiz o que me acostumei a fazer depois que te conheci: anotei todos os detalhes para te contar. O Geneci adora o jogo de decifrar sonhos, pensei; vai se divertir com esse.

Houve, porém, um segundo envelope. Na noite de segunda pra terça, me vi em um restaurante construído em um deck. A estrutura de madeira avançava alguns metros sobre o mar e garantia uma vista muito bonita. Lembro que a cobertura era sustentada por vigas grossas de madeira clara e forrada com palha de capim santa-fé. As cadeiras também eram revestidas com fibras naturais. Você ia gostar, Geneci, talvez te lembrasse as viagens para o Espírito Santo.

Acontece que não tive tempo de curtir o lugar. Enquanto olhava o cardápio, uma gritaria me assustou. Todos ali estavam apavorados e apontavam com horror em direção ao mar. Então eu vi: uma onda colossal se formava.

Ela iria se quebrar sobre nós, era evidente. Mal consegui sair da mesa e me esconder atrás do balcão quando a onda despejou sua força sobre o restaurante. A água levou tudo. Quando o mar recuou, o lugar estava destruído. As pessoas foram arrastadas, mas não me lembro de ninguém morrer. De trás do balcão, ergui a cabeça e observei que uma segunda onda enorme se formava. A estrutura não ia aguentar, eu precisava fugir.

Mas não dava tempo: a onda estava perto demais. Ao constatar isso, lembro de sentir muito medo, muito mesmo, Geneci. Tornei a me agachar atrás do balcão prestes a chorar. Então alguém, não consegui saber quem, me disse: "Calma. Não precisa se esconder. Levanta, encara ela de frente".

É estranho recordar isso agora porque sou capaz de lembrar as palavras exatas, mas não consigo descrever a voz. Era perfeitamente humana e real, ao mesmo tempo que não se parecia com nenhuma outra. "Deixa a onda bater que nada vai acontecer", concluiu.

Mesmo com medo, obedeci. Saí de trás do balcão e caminhei até o ponto central do que ainda restava do restaurante. De frente, encarei aquela onda imensa e feroz. Em poucos segundos, ela se agigantou diante de mim. Mas não vacilei. Então, finalmente, ela quebrou.

Naquela manhã, não acordei assustado. Até porque nada aconteceu comigo depois que a onda quebrou. Eu me molhei mas permaneci de pé, totalmente seguro. No entanto, ao sair da cama, depois de espreguiçada a razão, aí sim fiquei apreensivo. Não havia sido um sonho qualquer, eu sabia. Era mais uma mensagem.

Passei o dia atento a qualquer sinal. Algo ruim estava para acontecer, eu podia apostar. Liguei pra casa, me certifiquei de que minha família estava bem; implorei que a Eugênia tomasse cuidado ao sair pra trabalhar. Na quarta, tive certeza de que armariam pra mim no trabalho. Quem seria? Na quinta, já não sabia mais o que esperar.

Até que, no meio da tarde, recebi uma mensagem no celular. O número era desconhecido: "Sou amiga do Geneci. Quando tiver um minuto, podemos conversar?".

Ainda me pergunto se a vida me pegou desprevenido ou se eu que não quis enxergar o óbvio. Sabe sobre o que eu pensei que era a mensagem, Geneci? Que ela estava organizando uma festa-surpresa para você.

Infarto fulminante. Vinte minutos. Terça-feira. Na quarta, o velório.

POSFÁCIO (CARTA)

Só na quinta conseguiram desbloquear seu celular para acessar a agenda e avisar os pacientes.

A onda finalmente me engoliu. Fui arrastado para a escuridão.

Não sei por quanto tempo fiquei submerso. Não sei por onde as correntes me levaram. O redemoinho arrastou minha noção. Sentia apenas a resistência da água dobrar meu corpo e ele se retorcer enquanto era dragado.

Mas não preciso descrever nada disso para você, não é, Geneci? Você sabia o que eu estava passando, pois logo me enviou seus recados.

A primeira cobra enrolada me encontrou na quarta capa de um livro que ganhei de presente alguns dias após a sua partida. Na tarde do dia seguinte, ela se revelou mais uma vez, no bracelete de uma amiga. Menos de um dia depois, lá estava ela de novo, numa loja em que entrei por acaso.

O recado havia sido entregue, definitivamente. Mas ainda assim, naquele momento, não fui capaz de entendê-lo, Geneci. Com os olhos d'água não se enxerga longe.

Então você me enviou a música. Lembro do dia em que me pediu para ouvi-la, no fim de uma das nossas primeiras sessões. Recomendou que eu a escutasse sempre que me sentisse angustiado por não compreender algo.

As cobras ainda não faziam sentido. Confesso que, em algum lugar aqui dentro, até acreditava que pudessem ser coincidência. Mas então, quando entrei no carro e liguei o rádio, você tocou "Paciência", do Lenine. Não restava mais dúvida de que era você, Geneci. E quando você a repetiu na manhã seguinte, entendi que precisava fazer o que você mais me pedia.

"Você não nada no raso, meu caro", você gostava de me dizer. Então, silenciei. Aceitei a profundidade em mim.

Não demorou muito. Lembro de estar na cozinha quando, em um lampejo, compreendi. Abandonei o que fazia e corri até a estante; puxei *O herói com rosto africano*, do Clyde W. Ford. Você se lembra desse dia? Foi em um dos nossos encontros iniciais. Você me indicou o livro que eu, coincidentemente, estava lendo.

(Coincidentemente? Você ri, eu sei. A vida tem dessas, meu caro.)

Folheei o livro como se buscasse fôlego depois de um longo mergulho. Eu sabia que a resposta estava guardada ali.

Enfim a encontrei no alto de uma página. Ali estava ela, enorme, enrolada. A legenda explica: símbolo da vida ligada à morte, por isso também símbolo da eternidade. A simbologia se dá porque a serpente troca de pele algumas vezes ao longo da vida, isto é, abandona o corpo usado para poder renascer. O parágrafo seguinte explica que o entendimento da morte para inúmeras culturas africanas é um estágio e não um fim, diferente do que significa para a filosofia ocidental. O mesmo se dá com a compreensão do tempo: se no Ocidente é linear, em diversas culturas africanas ele é elíptico.

Consigo ver sua expressão orgulhosa, Geneci. Pode rir! Eu também estou rindo. Para se despedir, você escolheu o jogo de que mais gostava. Foi um desafio, confesso, mas decifrei. E sou tremendamente grato pela mensagem.

Um dia você me disse que se navega a partir dos faróis porque eles são fixos; são pilares de referência para que os barcos possam seguir sua jornada. Foi a metáfora que você encontrou para me falar da importância de se ter valores claros: se eles são fixos, podemos nos mover de forma tranquila e segura a partir deles.

Hoje, Geneci, me fazendo valer da sua metáfora, falo de você. Não demorou para eu entender que nossa relação se transformou tão rápido porque a gente tinha pressa de se conhecer. Você iluminou minha essência, o que há de melhor em mim; e eu pude conhecer meu farol. Juntos, navegamos em mar aberto, profundo. Afinal, você também não nada no raso.

Espero que goste do livro, Geneci. Você o escreve comigo desde antes, durante e depois de pronto. E fique tranquilo, meu caro: mesmo que eu perca todas as minhas malas no porto, tenho o que preciso para seguir viagem.

Um abraço,
Vinícius

Agradecimentos

Agradeço a todos que apoiaram, de tantas formas, a floração destes contos. Aos meus pais, Piedade e Oswaldo, agradeço pelo solo firme e fértil e o apoio incondicional. À minha irmã, Nayara, por compartilhar comigo as sementes de consciência. À Eugênia, pelo caminhar lado a lado, de sol a sol, sempre tão carinhoso. Pela parceria na lavoura, agradeço ao amigo Henrique Marques Samyn, primeiro a desfolhar o livro. Por estar sempre disponível às minhas dúvidas sobre como cultivar o passado, sou muito grato ao Bruno Rodrigues de Lima. Pela colheita tão generosa dos contos, obrigado, Lázaro. À Laura, agradeço os conselhos e especialmente a bronca, tão necessária para o meu próprio desabrochar. Por fim, aos editores Fernanda Dias, Marcelo Ferroni, Daniela Duarte e Carolina Falcão, pelo jardinar tão sensível e respeitoso.

ESTA OBRA FOI COMPOSTA PELA ABREU'S SYSTEM EM ADOBE GARAMOND
E IMPRESSA EM OFSETE PELA GRÁFICA SANTA MARTA SOBRE PAPEL PÓLEN BOLD
DA SUZANO S.A. PARA A EDITORA SCHWARCZ EM JANEIRO DE 2025

A marca FSC® é a garantia de que a madeira utilizada na fabricação do papel deste livro provém de florestas que foram gerenciadas de maneira ambientalmente correta, socialmente justa e economicamente viável, além de outras fontes de origem controlada.